MORD in Tadschikistan

Leonie Bonner

MORD in Tadschikistan

Bibliografische Information der Deutschen Nationalbibliothek:
Die Deutsche Nationalbibliothek verzeichnet diese Publikation in der
Deutschen Nationalbibliografie; detaillierte bibliografische Daten sind
im Internet über http://dnb.d-nb.de abrufbar.

© 2008 Leonie Bonner
Satz, Herstellung und Verlag: Books on Demand GmbH, Norderstedt
ISBN: 978-3-8370-4817-9

Inhalt

Dramatis Personae

(in der Reihenfolge ihres Auftretens)

Cara Schumann — Unternehmensberaterin aus Europa, arbeitet im Auftrag einer internationalen Entwicklungshilfebank für Tajikmobile (Mobilfunknetzbetreiber in Tadschikistan)

Musafar Muchidinov — Tadschike und lokaler Repräsentant einer internationalen Entwicklungshilfebank

Tamara Grigoriewna Melnikowa — Vize-Chefin von Tajikmobile

Nuria — Tadschikin, Übersetzerin, Ehefrau des Getöteten

Ruslan Akilovich Mamadjanov — Russe tadschikischer Abstammung, Chef von Tajikmobile

Thierry Creston — Franzose, Chef der Zentralasien-Büros der internationalen Entwicklungshilfebank

Zuhra Halimbov — Sekretärin

Machmut Rustamovich

Sharipow	Minister für Telekommunikation, Post und Transport
Rachmat	Bekannter Drogenhändler, Bräutigam
Munira	Braut des Drogenhändlers Rachmat
Turgenjew	Vizeminister für Telekommunikation, Post und Transport
Meggy O'Brien	Neuseeländerin, betreibt eine private Pension in Duschanbe
Mike	Amerikaner, arbeitet für das »Agha Khan Development Network« (AKDN) in Gorno-Badachstan
Vadim	Fahrer von Tamara Grigoriewna Melnikowa
Miguel	Arzt von Ärzte ohne Grenzen, arbeitet in einem Krankenhaus in Duschanbe, Freund von Mike
Sergej	Arzt in demselben Krankenhaus, in dem auch Miguel arbeitet
Wachtan	Fahrer des Ministers

1. Kapitel: Tadschikische Hochzeit

Es war ein heißer Tag im Juli. Cara Schumann genoss den Wind, der ihr langes Haar umspielte. »Das wird morgen ein schwieriges Gespräch werden. Der Minister ist für seine harte Linie insbesondere gegenüber ausländischen Investoren bekannt«, sagte Musafar Muchidinov, der lokale Repräsentant einer internationalen Entwicklungshilfebank. »Ja«, stimmte Tamara Grigoriewna Melnikowa zu, »wir kennen seine Position: Tajikmobile kann derzeit keine zusätzlichen Mobilfunkfrequenzen bekommen, da diese vom Militär genutzt werden.« – »Pah«, sagte Musafar, »Tamara Grigoriewna, Sie waren selbst dabei, als der Minister damals bei der Vergabe der Lizenz versicherte, dass die zusätzlichen Frequenzen kein Problem seien. Auch wenn sie derzeit dem Militär zugewiesen sind, wissen wir doch alle, dass das Militär diese Frequenzen schon lange nicht mehr nutzt! Es gibt also gar keinen Grund, die Frequenzen zurückzuhalten, zumal Tajikmobile ja bereit ist, einen saftigen Preis dafür zu bezahlen.«

»Leute, wir kennen die Situation. Ohne die zusätzlichen Frequenzen können wir Tajikmobile eigentlich dicht machen. Und ohne den Minister gibt es keine Frequenzen. Morgen kommen unsere Chefs eingeflogen, um an dem Termin mit dem Minister teilzunehmen und wir haben noch immer keine Idee, wie wir den Minister auf unsere Seite bringen können«, sagte Cara während sie sah, wie ein Kellner ein überbordendes Tablett mit Suppen, Salaten und Fleischgerichten in ihre Richtung balancierte. »Nun, vielleicht kommt uns ja nach einem guten Essen noch die rettende Idee. Wir müssen auf jeden Fall heute noch unsere Strategie für den Termin morgen besprechen.« Musafar und Tamara wandten sich sofort hungrig den Speisen zu. Das Essen war für westeuropäischen Geschmack zwar zu fettig und zu scharf gewürzt, aber auch Cara langte ordentlich zu.

Sie saßen auf der Terrasse des Rokhats, eines traditionellen tadschikischen Restaurants mit Blick auf die Hauptstraße von Duschanbe, den Rudaki. Im Hintergrund zeichneten sich pittoresk die Bergzüge des Gissar Gebirges ab. Hier kann man wirklich mal durchatmen, dachte Cara. Die brütende Hitze im Büro hatte sie ganz ausgelaugt. Mit der frischen Luft und dem scharf gewürzten Essen kamen ihre Lebensgeister wieder zurück. Die Geräusche der Straße, der speisenden Gäste und umhereilenden Kellner verloren sich in der Weitläufigkeit des Restaurants. Es bestand aus einer Halle, die sich über zwei Etagen erstreckte und mit ihren ornamentverzierten Säulen eine frühere Zeit beschwor, als man noch Geld hatte, großzügige Feste mit Hunderten von Gästen zu feiern.

Cara Schumann arbeitete für eine internationale Unternehmensberatung. Ihr Kunde war eine internationale Entwicklungshilfebank, die Geld in den tadschikischen Mobilfunknetzbetreiber Tajikmobile investiert hatte. Caras Aufgabe bestand darin, eine Strategie für den Markteintritt von Tajikmobile zu entwickeln und im Anfangsjahr deren Umsetzung zu begleiten. Ihre europäischen Kollegen, die lieber in den angesagten Metropolen arbeiteten, machten sich oft über sie lustig – »na,

Cara, in welches Xistan geht's denn diesmal? Kirgistan, Kasachstan, Usbekistan, Turkmenistan – oder mal Pakistan?« Aber Cara fand das Reisen und Arbeiten in Ländern, in die sich Westeuropäer üblicherweise nicht verirren, interessanter. Für die Arbeit in den ehemaligen Mitgliedsstaaten der Sowjetunion half auch, dass sie fließend Russisch sprach.

Caras Blick fiel auf eine größere Menschenansammlung auf der gegenüberliegenden Straßenseite. Am staatlichen Standesamt formierte sich eine Hochzeitsgesellschaft mit Kapelle. Kurios, nach 62 Jahren als Teil der Sowjetunion und nun schon 14 Jahren der Unabhängigkeit leben die Menschen immer noch in der russisch/sowjetischen und tadschikischen Mischwelt. Sie schaute zu den Frauen der Hochzeitsgesellschaft, die in traditionellen Gewändern gekleidet waren. Und nicht nur zu Festen, auch im Alltag tragen die Frauen hier oft die bunten, langen Oberteile über weite Hosen. Cara hatte von tadschikischen Kolleginnen mitbekommen, wie traditionell – in Caras Augen »archaisch« – das Rollenverständnis in der Familie weiterhin ist: der Mann ist das Familienoberhaupt und bestimmt über die Mitglieder der Familie. Ehen werden hier oft noch ohne große Mitsprache der Ehepartner arrangiert. Mädchen, die sich in der Familie und durch die Ausbildung ein wenig Freiheit geschaffen haben, haben nach der Hochzeit dem Mann – und, wenn das Geld für eine eigene Wohnung nicht reicht, auch der Schwiegermutter zu gehorchen. Für Cara war das eine furchtbare Vorstellung.

Cara dachte an Nuria, eine der Übersetzerinnen, die manchmal für sie gearbeitet hat. Nuria war eine exzellente Dolmetscherin und Übersetzerin. Für tadschikische Verhältnisse machte Nuria mit den Übersetzungsarbeiten ein Vermögen: der Marktpreis für Englisch-Russisch/Tadschikisch Übersetzer liegt nahe den Stundensätzen, wie sie in Europa gezahlt werden. Mit dem Geld, das sie bei den ausländischen Firmen oder anderen Organisationen verdiente, übertraf sie bestimmt das Gehalt eines Ministers. Nuria, obwohl der eigentliche Ernährer der Familie, stand aber unter dem Joch ihres Mannes. Der erlaubte ihr gelegentlich nicht einmal, das Haus zu verlassen und zur Arbeit zu gehen. »Es sei ihm suspekt, was sie denn mit den Ausländern so treibe«, hatte Nuria einmal bitter vorgebracht. Trotz der Strenge in der traditionellen Familie gibt es zunehmend Drogenabhängige, insbesondere bei den Jungen. Harte Drogen passieren Tadschikistan auf dem Weg von Afghanistan nach Europa. Bei all der Misere gilt es aber trotzdem, Essen und Kleidung für die Familie zu besorgen, Frauen sind da pragmatischer und finden Wege, an Geld zu kommen. Viele treiben Handel, kaufen Dinge hinter der Grenze ein, schmuggeln sie über die Grenze und verkaufen sie auf dem Markt. Reich werden sie nicht, aber es hilft, die Familie über die Runden zu bringen.

Cara schaute ihre Tischnachbarin an, die gerade mit Musafar über die Qualität des Essens sprach. Tamara Grigorieva stammte aus Kasachstan und hat in den 80ern in Moskau Nachrichtentechnik studiert. Die Behörden wiesen ihr einen Posten beim Telefonnetz von Tadschikistan zu. Seitdem lebt sie in Tadschikistan und hat durchaus eine Karriere beim staatlichen Telefonnetzbetreiber und später im Ministerium gemacht.

Als sie aber nach einer Welle tadschikischen Nationalismus aus dem Ministerium gemobbt wurde, fing sie bei Tajikmobile, einem neuen Mobilfunknetzbetreiber, als stellvertretende Direktorin an. Tajikmobile ist zu 51 % im Besitz russischer Investoren, die internationale Entwicklungsbank, für die Musafar arbeitet, hält weitere 5 %. Cara schätzt Tamara sehr – sie verbindet großen Sachverstand mit einer geradezu mütterlichen Fürsorge für ihre Mitarbeiter und das Unternehmen. Obwohl sie nur Vizechefin ist, leitet sie praktisch das Unternehmen. Formal ist ein Russe tadschikischer Abstammung, Ruslan Mamadjanov, der Chef. Er überlässt das Tagesgeschäft aber voll und ganz Tamara, kümmert sich um seine diversen anderen privaten Geschäfte in Moskau und lässt sich nur selten in Duschanbe blicken.

Musafar schaute auch zur Hochzeitsgesellschaft. Sein Gesicht verfinsterte sich dabei. »Musafar, für dich ist Duschanbe doch ein Dorf – kennst du etwa die Leute, die dort heiraten?«, fragte Cara. »Ist nicht jede Stadt im Grunde ein Dorf? Na ja, es sind viele bekannte Gesichter unter den Gästen, aber ich kann mich nicht erinnern, wer heute heiratet«, sagte er mit einem betont gleichgültigen Gesicht und wandte sich wieder seinem Essen zu. Musafar ist auch eine solche Nummer 2, die aber die eigentlichen Fäden zieht, dachte Cara. Musafars Chef – Thierry Creston, ein Franzose, der für die Bank das gesamte zentralasiatische Geschäft zu verantworten hatte – hatte seinen Sitz in Kasachstan. Er kam nur selten nach Tadschikistan. Die Bank investiert in eine Vielzahl von Projekten in den unterschiedlichsten Sektoren – die Beteiligung an Tajikmobile ist nur ein vergleichsweise kleineres Projekt. Schade, dass es nicht auch eine Nummer 2 im Ministerium gibt, dachte Cara. Es wäre viel einfacher, so auf Arbeitsebene Lösungen für unser Frequenzproblem vorzubereiten. Es gab zwar den ersten stellvertretenden Minister, ein zwar sehr integerer Mann, aber ein Russe vom alten sozialistischen Kader. Für ihn sind ausländische Investoren, auch und gerade wenn es sich dabei um private russische Investoren handelte, Ausbeuter und Verbrecher, »die wollen nur Geld machen«, ist sein vernichtendes Urteil über westliche Investoren.

Aber in diesem Fall der Frequenzvergabe schien sich der Minister persönlich um die Angelegenheit zu kümmern. Cara wollte gerade das Gespräch wieder auf den morgigen Termin lenken, als plötzlich ein lauter Knall die Restaurantbesucher aufblicken ließ – die Kapelle der Hochzeitsgesellschaft brach abrupt ab, die Gesellschaft stand wie versteinert – dann schrie eine Frau grell auf, andere Frauen fielen in ein lautes, grelles Klagegeschrei mit ein.

»Was ist denn passiert?«, fragt Cara ganz verwirrt. Musafar war aschfahl geworden, murmelte: »Sieht so aus, als sei ein Schuss gefallen und jemand verletzt worden.« Tamara wandte ihr Gesicht ab. »Wie furchtbar, das will ich nicht sehen.« – »Wir müssen einen Arzt rufen, und die Polizei«, rief Cara, das Gesicht gebannt auf die Menschenmenge gerichtet – in dem Tumult war nicht viel auszumachen. Sie wandte sich ihren tadschikischen Kollegen zu: »Tamara Grigoriewna – kennen Sie die Nummern? Können Sie dort anrufen?« – Musafar war aufgestanden. »Mädels, ihr bleibt hier und ruft Arzt und

Polizei – ich schaue, ob ich helfen kann«, und schon war er zum Ausgang geeilt.

Tamara wählte über ihr Handy die Notrufnummer. »Besetzt«, sagte sie. »Ich dachte, dass die Zeit, wo auf der Straße geschossen wird, vorbei ist?«, fragte Cara. »Ja, nach dem Bürgerkrieg hatte es noch vereinzelt Schießereien und Attentate gegeben – insbesondere auf Märkten. In Restaurants waren oft Sicherheitsleute mit Kalaschnikows zu sehen gewesen. In den letzten Jahren aber sind Waffen aus dem Straßenbild verschwunden. Ich kann mich nicht erinnern, dass es hier in letzter Zeit noch Attentate oder Schießereien gegeben hätte.« – »Vielleicht handelt es sich ja um eine Privatfehde? Ein Eifersuchtsdrama?«

»Ich weiß nicht. Lassen Sie uns zahlen und gehen. Mir ist nicht danach, hier noch weiter zu sitzen und Blut zu sehen. Musafar wird uns im Büro finden.« Trotz ihrer äußeren Gelassenheit saß Cara ein gewisser Schock in den Knochen. Da war vor ihren Augen vielleicht jemand erschossen worden. Sie war froh, dass sie ihre geschäftlichen Angelegenheiten schon von dem Toten ablenken würden. Sie hatte ja keine Ahnung, dass sie unfreiwillig noch weiter in den Fall verwickelt werden würde.

2. Kapitel: Ruslan Mamadjanov

Am nächsten Tag ging Cara schlecht gelaunt ins Büro. Auf die Begegnung mit den »Chefs«, dem affektierten Thierry Creston von der Bank und dem schmierigen Geschäftsmann Ruslan Mamadjanov, und vor allem auf das Treffen mit dem Minister hatte sie nicht die geringste Lust. Pure Zeitverschwendung, dachte sie. Beide hatte sie intensiv über den Stand der Dinge per Mail und – soweit dies über die weiterhin miserablen Telefonverbindungen möglich war – per Telefon informiert. Der Minister war entschlossen, die Frequenzen nicht herauszugeben. Die Frequenzen seien nicht verfügbar. Sie seien dem Militär zugeteilt. Aus Gründen der nationalen Sicherheit können sie nicht anderweitig vergeben werden. Ruslan hatte aber auf den Termin bestanden und Thierry wollte Ruslan nicht allein ins Rennen schicken.

Ruslan Mamadjanov glaubt, dass es nur eine Frage der Kreativität ist, durch »Arrangements« zum Ziel zu kommen. Cara dachte bitter daran, dass Ruslan ihr und Tamara indirekt vorwarf, nicht kreativ genug zu sein. Thierry Creston aber war das Gegenteil von Ruslan. Er wusste, dass er die Bank nicht in Zusammenhang mit Bestechungsgeldern bringen darf. Immerhin gehört Korruptionsbekämpfung zu einer der Prioritäten in der Entwicklungszusammenarbeit. Korruption in eines der Grundübel, warum es mit diesem Land nicht weitergeht. Es schreckt Investoren ab und führt zu einer Selbstbedienungsmentalität in der Verwaltung. Menschen suchen einen Job in der Regierung in erster Linie deshalb, um an den Kontrollschaltern zu sitzen und diese nur dann so betätigen, wenn es sich für sie persönlich lohnt. Klepto-kratie entsteht so, die Herrschaft der Langfinger. Unsere Bank hat einen strikten Moralkodex an den wir alle uns zu halten haben und das ist gut so, erinnerte Cara sich an eine wie sie dachte überflüssige Belehrung durch Thierry. Aber Cara schien eine »Bakschisch«-Lösung in diesem Fall auch keine Option zu sein.

Der Minister war mit dem Image des »Saubermanns« angetreten, nachdem sein Vorgänger wegen angeblicher Bestechlichkeit entlassen worden war. Hinzu kam, dass der Minister Ruslan offensichtlich nicht ausstehen konnte. Cara hatte Gerüchte gehört, dass Ruslan und der Minister aus unterschiedlichen Volksgruppen stammen. Während der Minister ebenso wie der Staatspräsident des Landes aus dem Norden stammt, kommt Ruslan wohl aus dem Süden. Sie gehörten zu gegnerischen Lagern im tadschikischen Bürgerkrieg 1992–1998. Ein Bruder des Ministers war mitsamt seinen beiden Söhnen während des Krieges getötet worden. Cara hatte noch das Bild der Feier anlässlich der Lizenzvergabe vor Augen. In einem der teuersten Restaurants Duschanbes hatten Investoren, Minister und Vizeminister zusammen gespeist. Während Ruslan laut mit viel Wodka, Champagner, Wein und Cognac die tadschikisch-russische Zusammenarbeit beschwor und sich an dem fetten Essen labte, war der Minister sehr ruhig, sprach nur wenige gewählte Worte und hielt sich an Wasser, Fruchtsaft und Gemüsespei-sen. Gegensätze können kaum offensichtlicher sein. Er vermied es, Ruslan direkt anzuschauen, und wenn, war sein Blick kalt.

Cara hatte sich Tamara gegenüber einmal laut gewundert, warum die russischen Investoren denn überhaupt den Zuschlag für die Lizenz bekommen hätten. Tamara hatte erklärt: »Andere Interessenten hatte es damals nicht gegeben. Der russische Investor gehört zu den erfolgreichsten Mobilfunknetzbetreibern in Russland und hat es geschafft, dass auch in Russland schon fast jedes Großmütterchen mit einem Handy telefoniert. In Tadschikistan hingegen war Mobilfunk aufgrund der exorbitant hohen Preise nur für ganz wenige Menschen erschwinglich. Mit der neuen Lizenz hat der Minister gleich mehrere Ziele erreicht – er hat die Staatskassen kurz vor den Wahlen wieder gefüllt und er kann sich als Heilsbringer darstellen, da dank deiner Markteintrittsstrategie« – hier lachte sie Cara an – »es sich nun mehr Menschen leisten können, mobil zu telefonieren. Die Wahlen sind gewonnen und 10.000 neue Mobilfunknutzer scheinen dem Minister erst einmal auch zu reichen. Nur – mit den 10.000 Kunden kann Tajikmobile bei den geringen Preisen nicht profitabel arbeiten. Der Business Plan sieht erst bei einer höheren Kundenzahl das Erreichen der Gewinnschwelle vor.«

Cara hatte ihr »ich hab's euch doch damals klar und deutlich gesagt« schon oft genug wiederholt. Sie hatte damals Ruslan und Thierry deutlich gemacht, dass man mit der Lizenz gleich ein umfassendes Paket an Frequenzen bräuchte. Mit nur einer kleinen Frequenzzuweisung anzufangen und darauf zu hoffen, später die zusätzlich benötigten dann noch zu erhalten, hatte sie als naiv und letztlich »selbstmörderisch« dargestellt. Ruslan hatte die Bedenken aber beiseite gewischt – »wir kriegen die Frequenzen nicht alle, weil der Großteil derzeit dem Militär zugewiesen ist. Das Militär nutzt sie nicht, aber der formale Prozess, die Frequenzen zurückzuholen und neu zu vergeben, ist langwierig. Die Zeit haben wir nicht, meine Firma will die Lizenz jetzt.« Mit breitem Grinsen hatte er noch hinzugefügt: »Mach dir keine Sorgen, Kleine, ich besorg uns die Dinger schon rechtzeitig.« Ein echter Kotzbrocken, hatte Cara nur gedacht. Die Endfassung der Verträge mit dem neuen Passus, dass zusätzliche Frequenzen nach Verfügbarkeit und unter Berücksichtigung der nationalen Sicherheit vergeben werden, hatte Cara auch erst nach der Unterzeichnung zu sehen bekommen. Thierry Creston war damals »leidenschaftslos« gewesen. Er hatte sich aber hinter Ruslan gestellt. Es war Tamara gewesen, die es mit ihrer freundlich-mütterlichen Art geschafft hatte, Cara doch »an Bord« zu halten. Und Cara war auch neugierig, zu sehen, wie sich der Markt tatsächlich entwickelt. Und die Nachfragen hatten ihre Pläne weit übertroffen. Nach den offiziellen Zahlen hätte man nicht mit einem nennenswerten Mobilfunkmarkt rechnen können. Tadschikistan hat die ökonomischen Kennziffern eines Entwicklungslandes – 64 % der Bevölkerung leben unter der Armutsgrenze. Das Bruttosozialprodukt pro Kopf liegt bei 1000 € – viele afrikanische Länder haben laut Statistik eine geringere Armutsquote und ein höheres Sozialprodukt. Die Anschaffung eines Handys kann mehrere Monatsgehälter erfordern. Die Kalkulation eines Mobilfunkanbieters ist simpel – 8 US$ monatlicher Umsatz pro Kunde wird benötigt, um profitabel zu sein. Das ist ein enormer Geldbetrag für die meisten Tadschiken.

Tadschikistan war schon zu Zeiten der Sowjetunion die ärmste von den 15 Republiken, aus denen die UdSSR – die Union der sozialistischen Sowjetrepubliken – bestand. Die Lage hat sich seit der Unabhängigkeit nicht verbessert, ganz im Gegenteil: Es geht den meisten Bewohnern heute schlechter. Die Menschen wandern aus Tadschikistan ab. Jeder halbwegs qualifizierte Arbeiter oder Schulabsolvent versucht sein Glück in vergleichsweise reicheren Nachbarländern, bevorzugt in Russland.

Cara war aber nicht nur wegen des abzusehenden Debakels im Ministerium schlechter Laune. Sie hatte sich mal wieder den Magen verdorben. Gehört irgendwie zu Duschanbe dazu, dachte sie bitter. Ob es am Wasser liegt, das ungefiltert mit viel Schlamm durch die Leitungen fließt und beim Duschen zu einer zentimeterdicken Sandablagerung am Boden führt – erspart die Peeling Creme, hatte sie anfangs noch gewitzelt – oder ob es am Essen gelegen hatte, ist eigentlich egal. Ohne meine Kohletabletten wäre ich echt aufgeschmissen. Von ihrer Faszination von Tadschikistan war heute nichts übrig. Hinzu kam, dass Musafar gestern noch Informationen über den Vorfall bei der Hochzeit mitgebracht hatte. Es sei in der Tat jemand erschossen worden – und zwar der Trauzeuge. Der Schuss war aus nächster Nähe abgefeuert worden, aufgrund des Trubels und Gedränges habe man aber nicht gesehen, wer den Schuss abgegeben habe. Neben der Hochzeitsgesellschaft seien auch Passanten da gewesen, die sich auf dem engen Bürgersteig ihren Weg durch die Menge gebahnt hätten.

Cara war mittlerweile am Büro angekommen. Sie passierte den ersten Wächter, der das schwere Eisentor des abgeriegelten Grundstücks bewachte. Der Wächter grüßte sie mit einem freundlichen Lachen – aus seinem Mund funkelte es: Die obere Zahnreihe war komplett mit Gold bezogen. Cara mochte den Mann, einen immer gut gelaunten Usbeken mittleren Alters und hielt gerne ein kurzes Schwätzchen mit ihm. Heute rang sie sich nur ein hoffentlich ebenso freundliches Lächeln ab und ging dann gleich zum Eingang des Gebäudes, wo ein zweiter Wächter ihr zunickte.

Zu ihrer Überraschung traf sie im Büro schon Thierry Creston an. Der hochgewachsene Franzose mit dem graumelierten Haar hatte sich lässig an einen Schreibtisch gelehnt und witzelte mit der Sekretärin Zuhra Halimbov. Zuhra lachte kokett auf. Cara verkniff sich eine Bemerkung. Statt dessen schritt sie mit ausgestreckter Hand auf ihn zu: »Thierry, schön, dass Sie da sind.« Sie sprach Englisch mit ihm, da Thierry kein Russisch konnte. »Ich hatte Sie erst viel später mit dem Flug aus Alma Aty erwartet.« – »Hallo, Cara, ist mir immer eine Freude, Sie zu sehen. Ich würde sagen, dass Sie bezaubernd aussehen, wenn ich nicht wüsste, dass Sie vor Arbeit und bei dieser Hitze sicherlich angeschlagen sind.« Danke, ich weiß, dass ich scheiße aussehe, dachte Cara, aber Thierry ließ ihr keine Zeit für eine Antwort. »Ja, ich bin in der Tat schon gestern Abend angereist, ich hatte noch in Kirgistan zu tun und bin von dort aus geflogen. Wie schreiten denn die Verhandlungen zur Lizenzvergabe voran?«

In diesem Moment wurde die Bürotür mit großem Getöse geöffnet. Herein schritten Ruslan Mamadjanov und zwei weitere Männer aus seiner Entourage. Ruslan reiste immer in Gesellschaft, seine Begleiter waren in der Regel Bodyguards, Assistenten oder Mitarbeiter aus einer seiner anderen zahlreichen Unternehmungen. Während Ruslan die Statur eines Türstehers hatte, waren seine Begleiter eher drahtig gebaut. »Hi, Thierry, wie stehen die Geschäfte?«, begrüßte er Creston in einem Englisch, das wohl amerikanisch klingen sollte. Erst dann begrüßte er Cara. »Dieser arrogante Kerl!«, donnerte Ruslan los. »Ich habe diesen Minister, Sharipow, angerufen und ihn zum Abendessen oder einem anderen Termin heute oder morgen eingeladen, um die Frequenzangelegenheit zu besprechen. Da hat er gesagt, dass er keine Zeit habe und wir alle Fragen bei unserem heutigen Termin klären können.«

Thierrys Gesicht verfinsterte sich. Genau solche Alleingänge passten ihm gar nicht. Bevor Thierry etwas entgegen konnte, kam Musafar hereingestürmt. »Ruslan Akilovich, guten Tag. Hallo, Cara. Ich habe den Minister am Apparat – er sagt, dass er für den Nachmittag zum Staatspräsidenten bestellt ist und fragt, ob wir nicht sofort kommen können. Ansonsten wisse er nicht, ob er heute noch Zeit finden kann.« Ruslan stieß ein paar unflätige Worte auf Russisch zwischen den Zähnen durch, dann aber an Musafar gewandt: »Sag ihm, wir kommen und sind in 20 Minuten bei ihm.«

Welch ein Zirkus, dachte Cara. Wieder einmal war keine Zeit gewesen, vorher zu besprechen, wie wir taktisch am geschicktesten im Gespräch vorgehen. Das Debakel war unabwendbar. »Wo ist denn meine hübsche Dolmetscherin?«, fragte Thierry. Üblicherweise übersetzte Nuria für ihn. »Ach, verdammt!« Musafar schlug sich vor den Kopf. »Daran hatte ich gar nicht gedacht. Ich glaube nicht, dass Nuria heute arbeiten kann. Der Mann, der gestern erschossen wurde, war Nurias Mann.«

3. Kapitel:
Verhandlung mit dem Minister

Cara fuhr mit Musafar im Wagen zum Ministerium. Musafar sah miserabel aus. Das Gesicht blass und mit Ringen unter den Augen. »Musafar«, setzte Cara vorsichtig an, »was ist denn gestern eigentlich auf der Straße passiert? Und warum wurde Nurias Mann erschossen?«

Musafar sah Cara gequält an, fasste sich aber und sagte sachlich: »Das Hochzeitspaar von gestern waren Rachmat und Munira. Rachmat, obwohl erst 26, ist ein reicher Mann. Alle kennen ihn, weil er einen weißen Mercedes SLK fährt. Davon gibt es in Duschanbe nur einen. Munira ist seine Jugendliebe und sie ist eine Schönheit. Sie wuchsen als Nachbarskinder auf. Allerdings war die Liebe einseitig – Munira hat Rachmat immer links liegen gelassen, auch, als er zu Geld gekommen war. Dass sie jetzt in die Hochzeit eingewilligt hat, hat die Leute etwas gewundert. Aber Rachmat hat viel Geld und Muniras Eltern sind arm. Muniras Bruder ist 15 Jahre alt und hat ein außergewöhnliches Talent als Klavierspieler. Sie wissen vielleicht, dass eine Ausbildung in Moskau sehr teuer ist, die Eltern hätten das nie aufbringen können. Aber, wie es scheint, will Rachmat die Ausbildung finanzieren. Vielleicht hat das den Ausschlag gegeben.

Nurias Mann und übrigens auch Nuria stammen aus der gleichen Nachbarschaft wie Rachmat und Munira. Rachmat hat seinen Trauzeugen extra teuerste Kleidung aus Europa gekauft. Nurias Mann war sehr stolz auf seinen Armani-Anzug.

Es hätte eine große Hochzeit werden sollen. Der Schuss fiel, als das Brautpaar aus dem Hochzeitsbüro herausgetreten war, die Kapelle spielte und alle sich zur Gratulation um das Brautpaar scharten. Jeder will nun etwas gesehen haben – einen dunkel gekleideten Fremden, der eine silberne Waffe hatte, andere sagten, dass es eine Frau gewesen sei, deren Gesicht man aufgrund des Kopftuchs nicht hatte sehen können, andere behaupten, ein alter Mann habe geschossen und sei dann in großer Ruhe weitergegangen. Tatsächlich hat wohl keiner gesehen, was wirklich passiert ist.«

»Gibt es denn irgendeine Idee über das Motiv?«, fragte Cara. »Nein, nicht wirklich. Cara, Sie wissen vielleicht ein wenig vom Leben der Menschen hier in Tadschikistan. Drogenkonsum ist hier ein großes Problem.« Ein verbitterter Gesichtsausdruck trat in Musafars Gesicht. »Nurias Mann war drogenabhängig, wie die meisten jungen Männer, die keine Arbeit und keine Perspektive haben, und er hat Kurierdienste für den Transit aus Afghanistan organisiert. Wer in dieses Milieu abtaucht, lebt gefährlich.«

Cara hätte gerne noch weiter nachgebohrt – warum einen Junkie umbringen, und dann noch während der Hochzeit von Mr. Big? Hätte der Mörder das nicht einfacher haben können? Aber sie waren am Ministerium angekommen. Der schwarze Wolga – die in der Sowjetunion übliche Staatskarosse, in der Thierry und Ruslan gefahren waren – war auch schon da. Tamara erwartete sie am Eingang.

»So, da wollen wir doch mal schauen, was unser kleiner Minister sich heute wieder so ausgedacht hat«, sagte Ruslan in guter Laune und hielt den Damen die Tür auf. Cara bemerkte, dass Thierry merkwürdig bedrückt aussah. Na, da wird Ruslan ihm wohl wieder einiges an Bauchschmerzen bereitet haben. Weiß der Teufel, was Ruslan sich wieder ausgedacht hat, dachte Cara.

Der Konferenzraum des Ministeriums war noch leer. Logisch, dachte Cara, als Minister lässt man die Gäste warten und macht erst dann seinen Auftritt. Der Besprechungsraum war erst kürzlich renoviert worden. Nun hatte er eine Holzvertäfelung an allen Wänden – schlecht für Powerpoint-Präsentationen, dachte Cara, bewunderte aber den neuen großen ovalen Tisch aus Edelholz und die Ledersessel. An der Wand hing wie in jedem öffentlichen Gebäude das Portrait des Staatspräsidenten. Es dauerte aber nicht lange, dann kamen der Minister sowie sein Vize mit schnellen Schritten in den Raum. Sie begrüßten die Delegation freundlich, aber kühl und knapp. Auch Cara wurde die Hand gegeben. So viel Zugeständnis an internationale Gepflogenheiten hatte der Minister mittlerweile gemacht. Bei ihrer ersten Begegnung hatte er ihr als Frau die Hand verweigert. Cara war damals empört gewesen. Ein Mitarbeiter hatte sie zu beruhigen versucht – das geschehe aus Respekt. Hier berühre man Frauen nicht. Eine hiesige Frau wäre sehr erschrocken, würde ein Fremder ihr die Hand schütteln wollen. Cara sah das anders – der Hintergrund dieser Sitte ist doch, dass eine Frau unrein sein könnte und der Mann Angst hat, sich zu beflecken. Sie glaubte nicht, dass ihre Hände ein größeres hygienisches Risiko als die

Hände von Männern darstellten und wollte bitte schön gemäß internationaler Gepflogenheiten behandelt werden.

Die Unterredung selbst war denn auch genau so, wie Cara es befürchtet hatte. Da keine Übersetzerin anwesend war, musste Musafar für Thierry dolmetschen. Das Gespräch führte Ruslan. Cara war zwar angenehm überrascht, dass Ruslan den Fall in knapper, wohl strukturierter Weise darstellte. Hatte er wohl doch ein paar positive Eigenschaften eines Managers angenommen. Cara ergänzte die Ausführungen von Ruslan, indem sie den Nutzen für Bevölkerung und Regierung herausarbeiteten und darüber sprach, wie wichtig die Weiterentwicklung von Tajikmobile auch für die wirtschaftlichen Entwicklung des Landes sei, dies einen Imagegewinn für Ministerium und Regierung und schließlich auch höhere Staatseinnahmen durch Steuern bedeuteten. Die Argumente prallten aber am Minister ab. Er stellte dar, dass er keine Verpflichtung habe, die Frequenzen zu übertragen und dies auch gar nicht möglich sei, da diese ja vom Militär genutzt würden. Eine Neuverteilung der Frequenzen bedürfe einer sorgfältigen Vorbereitung und könne nicht über das Knie gebrochen werden. Der Vizeminister ergänzte noch, dass Tajikmobile sich wohl verkalkuliert habe, aber nach den Regeln der Marktwirtschaft für Fehler eines privaten Netzbetreibers eben dessen Management verantwortlich sei, und nicht der Minister. Typisch Turgenjew, dachte Cara, der Klassenkämpfer versucht den Klassenfeind mit den eigenen Mitteln zu schlagen. Cara sah sich in dem Gespräch darin bestätigt, dass mit Argumenten wenig auszurichten war.

Thierry hatte der Übersetzung von Musafar zugehört, war aber zusehends müder geworden und hatte bei den Ausführungen von Cara kaum ein Gähnen unterdrücken können. Er hatte auch nur zwei wohl schon im Vorfeld formulierte Sätze über die Wichtigkeit des Mobilfunks für Tadschikistan und die positiven Signale, die durch diesen Schritt der Liberalisierung vom Ministerium an die internationale Investorenwelt gesendet würden, beizutragen.

Das Gespräch endete, wie Cara befürchtet hatte, ohne ein Ergebnis. Man hätte sich dieses Treffen wirklich sparen können.

Als der Minister den Raum verließ, eilte Ruslan ihm hinterher. »Herr Minister, auf eine Minute«, der Minister hielt an, schaute Ruslan aber ungeduldig an, »Herr Minister, es gibt verschiedene Dinge, die ich gerne mit Ihnen unter vier Augen besprechen möchte. Wir brauchen nur 30 Minuten – wann immer Sie Zeit haben.« – »Ich denke, wir haben die Angelegenheit gerade abschließend besprochen«, antwortete der Minister kühl und wollte weitereilen. Hastig schob Ruslan ihm noch eine Visitenkarte in die Hand – »Rufen Sie mich an, bitte, es geht um mehr als die heute besprochene Angelegenheit.« Der Minister steckte die Karte in seine Jackettasche und eilte davon.

»Ich weiß nicht, wie es euch geht, aber mir ist nach Essen. Lasst uns an einen ruhigen, kühlen Ort gehen. Dort können wir die nächsten Schritte besprechen«, schlug Thierry vor, nun wieder lebhafter. »Das Flamingo hat eine Klimaanlage und abgetrennte Räume. Dort können wir uns ungestört unterhalten.«

4. Kapitel: Gespräche im Restaurant

Im Restaurant angekommen wandte Cara sich an Creston: »Nun, Thierry, was war Ihr Eindruck von unserem Treffen mit dem Minister?« – »Ja, der Minister, das ist ein harter Kerl, oder zumindest möchte er einer sein. Aber das ist klar: er muss sich erst einmal profilieren, außerdem hat er noch wenig Erfahrung in seinem Job, und Ausländer sind ihm auch noch sehr suspekt. Aber lassen Sie uns doch über das weitere Vorgehen sprechen, wenn auch Ruslan da ist und lassen Sie uns zunächst erst einmal die Speisen auswählen.« Merkwürdig, dachte Cara, es scheint ihm gar nichts auszumachen, dass wir nichts erreicht haben. Damit ist er ja quasi umsonst hierher gereist.

Nachdem alle geordert hatten, begann Thierry aufgelockert eine Unterhaltung: »Wir hatten neulich eine Konferenz über die Entwicklung der Demokratie in Zentralasien. Nach der Reihe von friedlichen ›Revolutionen‹ in anderen postkommunistischen Ländern, zuerst in Serbien im Jahr 2000, dann in Georgien 2003 durch die ›Rosenrevolution‹ und dann in enger Taktung 2003 die Orangene Revolution in der Ukraine und die Zedernrevolution im Libanon 2004 sollte erarbeitet werden, inwiefern es in Zentralasien zu ähnlichen Bewegungen kommen könnte. In Kirgistan haben wir ja 2004 die ›Tulpenrevolution‹ erlebt. Die Revolution verlief weniger friedlich, als die anderen postsozialistischen Revolutionen: Es starben sechs Protestierende und es gab jede Menge Zerstörung von Geschäften und Autos im Umfeld der Demonstrationen. In Usbekistan konnte eine Revolution unterdrückt werden.

Für Tadschikistan hieß es auf der Konferenz, dass die Situation ganz anders sei. Mit den europäischen Ländern Ukraine und Serbien sei Tadschikistan nicht zu vergleichen. In Tadschikistan denke keiner daran, irgendwelche Farben und Pflanzen für Umstürze zu missbrauchen.«

»Wie sehen Sie das, Tamara, oder Sie, Musafar?« Tamara war von der direkten Frage unangenehm berührt. In der Öffentlichkeit über Politik zu reden behagte ihr gar nicht – erst recht nicht mit Ausländern. Außerdem sprach sie kein Englisch, sie hatte zwar im Wesentlichen verstanden, was Thierry gesagt hatte, benötigte aber für ihre Antwort einen Dolmetscher. Sie wandte sich an Cara. »Wären Sie so liebenswürdig, zu übersetzen?«

»Wenn ich Herrn Creston recht verstanden habe, fragt er, ob Entwicklungen wie in Kirgistan oder Usbekistan auch bei uns möglich wären?« Thierry nickte auf die übersetzte Frage, während er sich ein Glas Wein einschenkte. »Nun, ich glaube nicht. Wie Herr Creston sagt, gibt es doch große Unterschiede. Wir sind froh, dass der Bürgerkrieg vorbei ist. Die meisten Menschen sind doch voll und ganz mit der Regelung des Alltags beschäftigt. An den Bürgerkrieg denken alle nur mit großem Schrecken zurück. Keiner möchte so etwas wieder erleben. Die Menschen hier möchten in Frieden leben.«

Musafar war weniger befangen. Er war auf verschiedenen Trainings in Europa und den USA gewesen und wusste, dass die Menschen im Westen immer nach Politik und der Entwicklung von Demokratie fragen.

»Thierry, Sie wissen wahrscheinlich, dass ein Hauptproblem von Tadschikistan der sogenannte ›Brain Drain‹ ist. Wer eine einigermaßen gute Ausbildung und/oder Verwandte in Nachbarländern hat, verlässt Tadschikistan, um sein Glück woanders zu versuchen. Engagierte Menschen, die eine solche ›Revolution‹, von der Sie sprechen, treiben könnte, gibt es hier gar nicht mehr.« Cara ergriff die Gelegenheit, um selbst noch eine delikate Frage hinterherzuschieben: »Musafar, ich habe mich immer gefragt, welche Rolle der Islam hier eigentlich spielt und ob es Kräfte gibt, die auf einen islamischen Staat hinsteuern?«

Hier wurde es auch Musafar sichtlich unangenehm, weiterzureden. »Cara, wie Sie wissen, gab es während des Bürgerkriegs auch Gruppen mit islamischen Hintergrund. Aber letztlich ging es doch um regionale Machtkämpfe und der jetzige Präsident hat alle, auch die Islamisten, in seine Regierung eingeladen – nur den Bart müssten sie sich abschneiden.« Thierry und Cara lachten. Das hatten sie schon mal gehört.

Musafar redete ernsthafter weiter: »Die Menschen hier sind abgeschreckt von den Taliban. Einen fundamentalistischen Gottesstaat will hier keiner.« Musafar nahm einen Schluck Wasser, er trank keinen Alkohol. »Außerdem sind Einflussmöglichkeiten von islamischen Kräften aus dritten Ländern begrenzt. Unsere russischen Freunde sichern die Grenze zu Afghanistan und seit dem 11. September sind außerdem auch westliche Soldaten im Land stationiert – Franzosen und Amerikaner. Wenn Sie in das Hotel Duschanbe gehen, können Sie Ihre Landsmänner sehen«, sprach Musafar zu Thierry.

Cara wollte noch nachhaken, wie viele Soldaten denn eigentlich stationiert waren, da kam aber Ruslan in den Raum hineingeeilt. »Nun, Ihr habt für mich mitbestellt – das ist prima. Ich habe einen Bärenhunger«, sprach er, ließ sich auf einen Stuhl fallen und langte nach den Fleischplatten.

Cara versuchte, das Gespräch wieder auf den Termin beim Minister zu lenken. »Ruslan, was war Ihr Eindruck von dem Gespräch mit dem Minister?« – »Ach, Cara, Mädchen. Der Minister ist nicht so hart, wie er tut. Vertrau mir, wir kriegen das schon hin. – Gibt es denn hier kein Wässerchen? Tamara, Sie halten unsere Freunde hier trocken.« Er nahm die Flasche Wodka, die der Kellner schnell vorbeibrachte, und schenkte allen großzügig ein. »Lasst uns anstoßen auf das weitere Voranschreiten unseres Unternehmens«, dabei blickte er Thierry länger an. Cara nippte an ihrem Wodka. Hier drinnen war es zwar gut gekühlt, aber alkoholisiert in die Hitze zu treten, würde einem Schlag auf den Kopf gleichkommen. Die andern schienen ähnlich zu denken. Tamara stupste Cara heimlich von der Seite an und entleerte ihr Glas schnell in der hinter ihr stehenden Pflanze. Keiner hatte etwas gesehen. Cara folgte ihrem Beispiel. Hat das alte Schlitzohr doch noch einen Deal mit dem Minister gemacht?, dachte Cara, oder warum ist Ruslan auf einmal so gut gelaunt? Nun, wir werden es bestimmt erst erfahren, wenn alles vorbei ist – und das Kind in den Brunnen gefallen ist, dachte Cara bitter. Auch Thierry war wieder sehr ruhig geworden. Ruslan bestritt im Weiteren die Unterhaltung, indem er eine deftige Anekdote nach der nächsten erzählte.

Als sie nach dem Essen aus dem eisig klimatisierten Raum die Tür zur Straße öffneten, war es, als ob sie eine Backofentür geöffnet hätten. Die Mittagshitze brütete über der Stadt. Tamara fuhr in ihr Büro zurück. Ruslan verabschiedete sich von allen, zu Thierry sagte er: »Wir sehen uns dann heute Abend, nicht wahr? Bis dahin.« Cara wunderte sich – seit wann sind die beiden denn so enge Freunde und was haben sie wohl zusammen zu besprechen? Hatte Ruslan einen Coup zur Beschaffung der Frequenzen geplant? Cara war das in diesem Moment aber auch egal. Ihr verdorbener Magen machte ihr nach dem üppigen Essen wieder zu schaffen, die Hitze war nun unerträglich. Sie wünschte sich sehnlichst das Wochenende herbei, wo sie sich etwas erholen konnte. Jetzt aber hatte sie noch einen Termin mit Thierry und Musafar, um vertragliche Angelegenheiten ihres Beratungsauftrages und einen möglichen Folgeauftrag zu besprechen.

5. Kapitel: Mike

Nach langen Verhandlungen mit Thierry kehrte Cara abends erschöpft in ihre Unterkunft zurück. Sie wohnte in Duschanbe in »Meggy's Guest House«, einer privaten Pension und Oase der Ruhe.

Meggy O'Brien, eine Neuseeländerin, war über ein Entwicklungshilfeprojekt nach Duschanbe gekommen und hier geblieben. Sie hatte ein altes Haus gekauft, restauriert und eine Villa im traditionellen tadschikischen hellen, luftigen Stil geschaffen. Im Innenhof sorgte ein Pool für Kühle. Um die Villa herum hatte sie einen Rosengarten und eine Teichlandschaft angelegt, in der sich auch eine große Gans und eine Ente wohlfühlten. In dem Wohnzimmer trafen sich die bei Meggy abgestiegenen Gäste sowie in Duschanbe lebende Ausländer, im Fachjargon auch »Expatriates« genannt. Meggys Gäste waren in erster Linie Mitarbeiter von Entwicklungshilfeinstitutionen und in deren Auftrag arbeitende Berater. Cara genoss den Aufenthalt bei Meggy immer sehr.

Als Cara an diesem Abend gerade in die Villa kam und sich gemäß der Gepflogenheit des Hauses ihre Schuhe am Eingang abstreifte, kam Meggy auf sie zu. »Cara, wie war dein Tag?« Ohne auf eine Antwort zu warten, redete sie gleich weiter. »Ich habe hier einen Gast, den du vielleicht gerne kennenlernen möchtest – du interessierst dich doch für die Agha-Khan-Projekte im Pamir, oder?« Sie hatte Cara schon untergehakt und mit ins Wohnzimmer genommen, wo sich eine Gestalt vom Sofa erhob. »Cara, das ist Mike. Mike arbeitet für das Agha Khan

Development Network und hat gerade ein Projekt hier in Gorno-Badachschan. – Mike, ich habe dir schon von Cara erzählt. Sie ist eine meiner ältesten Stammgäste, arbeitet als Beraterin für eine internationale Beratungsfirma und hilft dabei, den neuen Mobilfunkanbieter Tajikmobile aufzubauen.«

Mike gab Cara die Hand, wobei er sie freundlich anlachte: »Hallo, freut mich, dich kennenzulernen. Wie gefällt dir denn die Arbeit in Tadschikistan?« – »Freut mich auch«, antwortete Cara. Ihre Müdigkeit war auf einmal weg. »Tadschikistan finde ich faszinierend – aber ich fliege ja nur hin und wieder nach Duschanbe, da bekomme ich nicht wirklich viel vom Land mit. Du arbeitest in Khorog?« Meggy schritt ein – »Setzt euch doch, ich bringe euch grünen Tee.« Als Mike begann, vom Leben in Khojand zu erzählen, musterte Cara ihn. Der drahtige Körper eines Ausdauersportler, dachte Cara, vielleicht Triathlet, intelligenter, hellwacher Blick und eine unkomplizierte Art, mit Menschen umzugehen. Cara schätzte, dass Mike ein paar Jahre jünger war als sie – vielleicht 26 oder 27.

Cara interessierte sich in der Tat für den Agha Khan. Als sie das erste Mal den Titel hörte, musste sie an längst vergangene Zeiten denken – die Zeit des osmanische Reichs und dessen Eroberungszüge nach Europa. Sie dachte an das Bild, das sich der europäische Adel in der Zeit von türkischen und persischen Herrschern machte: prunkvolle Paläste, Harems voller nackter Frauen, etc. Der heutige Agha Khan unterscheidet sich sehr von diesem Bild, ist aber trotzdem ein Fall für die Boulevardpresse. Er ist fast 70 Jahre alt, lebt in der Schweiz, ist

Teil der adeligen High Society und war aufgrund seiner verschiedenen Affären/Ehen, seines großen Vermögens und seines aufwendigen Lebensstils u.a. mit 500 Rennpferden früher beliebtes Objekt der Klatschpresse gewesen ist. Und dieser so weltliche Mann ist gleichzeitig das Oberhaupt der Ismaeliten, einer religiösen Gemeinschaft innerhalb des schiitischen Islam. Und er finanziert Entwicklungsprojekte durch das Agha Khan Development Network. Wie passt das alles zusammen?

Mike sowie auch andere Mitarbeiter im Agha Khan Development Network sehen nicht aus wie religiöse Fundamentalisten, sondern so, wie Mitarbeiter anderer Organisationen, die in der Entwicklungszusammenarbeit tätig sind. Mike berichtete gerade, wie es dazu kam, dass der Agha Khan sich gerade in der abgeschiedensten Region Tadschikistans engagiert:

»Im Pamir Gebirge lebt recht abgeschieden vom Rest Tadschikistans und auch vom Rest der Welt ein Gruppe Ismaeliten. Diese braucht man sich nicht als fanatische und noch nicht einmal besonders religiöse Menschen vorzustellen. Es sind einfache Menschen, die in den Bergen ein ziemlich hartes Leben führen. Nach dem Zerfall der Sowjetunion und während des Bürgerkriegs war die Situation in den Bergdörfern besonders desolat: Da es immer weniger Flüge gab, waren die Bergdörfer auch von Lebensmitteltransporten weitgehend abgeschnitten. Der Agha Khan hat Lebensmittel als humanitäre Hilfe in die Region geschaffen und später den Bau von Brücken und eines Flughafens gefördert. Ohne ihn wäre vielleicht der Kulma Pass – der Grenzübergang zu China – immer noch geschlossen.« Sich Tee eingießend, fragte er Cara: »Was weißt du denn eigentlich über das AKDN – das Agha Khan Development Network?«

»Nicht viel – ich weiß, dass eine Schule in Gorno-Badachstan wohl von diesem Netzwerk betrieben wird und dass die Schule hervorragend qualifizierte Leute hervorbringt. Eine der Übersetzerinnen der Bank war dort zur Schule gegangen.« Cara dachte kurz an Nuria und die Vision der Geschehnisse vor dem Hochzeitsbüro ging ihr kurz durch den Kopf. Sie ließ sich aber schnell wieder durch Mike und seine Ausführungen ablenken. »Ja, die Schule war eines der ersten Projekte in der Region. Neben Schulen betreibt das AKDN aber weltweit auch Krankenhäuser, z.B. die Universitätsklinik in Karatschi, in Pakistan. Außerdem vergibt die AKDN Mikrokredite für Kleinstunternehmer.

Unser größtes Projekt in der Region ist eine neue Universität für Zentralasien – die UCA: University of Central Asia. Der dreiteilige Campus wird in Tadschikistan – eben in Gorno-Badachstan – in Kirgistan und in Kasachstan aufgebaut.« – »Ach ja, das ›Mini-Harvard‹, ich habe davon gelesen, warf Meggy ein, die gerade mit ein paar Melonenkernen zum Knabbern zurückgekehrt war. »Ja, der Begriff kommt vielleicht daher, dass der Agha Khan selbst in Harvard studiert hat, und es Agha-Khan-Studienprogramme für islamische Architektur in Harvard – aber auch am MIT, dem Massachusetts Institute of Technology, gibt.« Mike nahm sich ein paar Melonenkerne. »Außerdem wird wohl angenommen, dass der Agha Khan es sich leisten kann, gute Professoren einzustellen.«

Cara war neugierig, wie viel Religion denn eigentlich in der Entwicklungsarbeit war. »Ja, der Agha Khan ist ein sehr weltliches Oberhaupt einer religiösen Gruppe. Wie wichtig ist denn eigentlich die Religion bei den Entwicklungsprojekten?« Mike hatte solche Fragen wohl schon häufiger gehört. »Der Agha Khan ist fest in der westlichen Welt etabliert, er hat ein freundschaftliches Verhältnis zum britischen Königshaus und seine Entwicklungsprojekte bekommen internationale Auszeichnungen. Das hängt auch damit zusammen, dass es um Entwicklungsprojekte geht, nicht um missionarische Arbeit. Ismaelitische Gruppen sind die wichtigste ›Zielgruppe‹, wie ihr Berater wohl sagen würdet«, dabei lachte er Cara an, »deswegen konzentrieren wir uns auf Khorog. Aber alle Menschen werden diskriminierungsfrei unterstützt. Der Islam gehört im Rahmen der Kulturförderung irgendwie mit dazu, aber es werden die Menschen nicht aktiv bepredigt. Auch die Schulen sind nicht mit den fehlgeleiteten Madrassas zu verwechseln, in denen z.B. in Pakistan Fundamentalisten und ggf. spätere Selbstmordattentäter ausgebildet werden. So etwas liegt den humanistischen Zielen der Ismaeliten fern.«

»Wenn ich diese persönliche Frage stellen darf«, wagte Cara sich neugierig vor, »bist du selbst Ismaelit oder Muslim?« – »Nee«, lachte Mike. »Ich bin Christ, aber auch kein allzu fanatischer. Ich arbeite für die AKDN, weil man hier wirklich Dinge bewegen kann und außerdem die Welt sieht. Ich hätte ebenso bei Greenpeace aktiv werden können.«

Meggy setzte sich zu ihnen. »Habt ihr schon gegessen? Wir könnten einen Fahrer in dieses neue indische Re-

staurant schicken und uns von dort Pizza beschaffen.«
Cara lachte: »Meggy, du bist eine großartige Gastgeberin,
mit eigenem Pizzaservice für die Gäste.« – »Pizza – so
etwas gibt es in Khorog nicht«, sagte Mike, »ich bin dabei.« – »Hey, dazu könnten wir doch deinen Rotwein
trinken, den du mitgebracht hast?«, fragte Meggy Cara.
»Ja, gute Idee«, stimmte Cara zu – der Wein war zwar
zu schade zur Pizza und eigentlich ein Geschenk für
Meggy, aber so bekam dieser Tag doch noch einen net-
ten Abschluss.

Als sie später alle genussvoll die wirklich gute Pizza
aßen, musste Cara doch wieder an die tragische Hochzeitsfeier von gestern erinnern. Sie war neugierig, ob
Meggy oder Mike vielleicht mehr darüber wussten. »Gestern habe ich gesehen, wie während einer Hochzeitsfeier
der Trauzeuge auf offener Straße erschossen wurde. Vom
Täter fehlt wohl jede Spur. Der Bräutigam schien wohl
eine bekannte Größe in Duschanbe zu sein – ein gewisser Rachmat.« – »Ja, das ist das Gespräch der Stadt«,
stimmte Meggy zu. »Und du hast es gesehen?« Cara
berichtete kurz von ihrem Mittagessen im Rokhat und
dem, was Musafar ihr berichtet hatte. »Tja, Rachmat ist
ein bekannter Drogenhändler, leicht an seinem weißen
Mercedes SLK zu erkennen.« – »Wer, wenn nicht Drogenhändler, kann sich schon einen SLK in Tadschikistan
leisten? Und wer ist auch noch so dumm? Ein Geländewagen ist hier bei den Straßen und vor allem außerhalb von Duschanbe viel praktischer«, warf Mike ein.
»Der Trauzeuge war wohl eines von Rachmats armen
Schweinen – einer seiner Jungs für die lokale Hehlerei
und selbst ein hoffnungsloser Junkie. Einige sagen, dass

es schade ist, dass nicht Rachmat getroffen wurde. Nicht, dass das ein Schlag für den Drogenschmuggel gewesen wäre, dazu gibt es zu viele andere. Aber für seine Braut wäre das wohl eine echte Befreiung gewesen.« Meggy hatte auch schon recht viel von dem Rotwein getrunken. Üblicherweise drückte sie sich um einiges diplomatischer aus.

»Weiß man denn etwas über den Täter? Oder das Motiv?«, fragte Cara. »Nein, das ist ja das Seltsame. Es scheint, dass wirklich keiner etwas gesehen hat. Aber man sagt, dass die Frau des Getöteten einen Liebhaber gehabt habe und aus irgendeinem Grund glauben die Leute nun, dass dieser seine Geliebte sozusagen ›freizuschießen‹ versucht habe. Er habe dies gezielt auf offener Straße und bei Rachmats Hochzeit getan, damit alle denken, dass der Anschlag Rachmat gegolten habe.« – »Meine Güte, was sind denn das für wilde Geschichten?« Cara war entsetzt. »Ich kenne die Frau des Opfers – es ist Nuria, eine der Übersetzerinnen der Bank. Ich kenne sie zwar nicht wirklich gut, aber ich kann mir nicht vorstellen, dass sie einen Mord an ihrem Mann planen oder dulden würde.« Für Cara passte das wirklich nicht zusammen, irgendwie konnte sie sich die brave Nuria nicht einmal mit einem Liebhaber vorstellen.

Ratloses Schweigen breitete sich in der Runde aus. Mike brach das Schweigen: »Welch trauriges Thema für den Abschluss eines schönen Abends. Im Pamir sagt man, das man mit positiven Gedanken ins Bett gehen sollte, das Negative kommt am Tag von ganz allein.« Darauf erzählte er noch ein paar lustige Anekdoten aus seiner Arbeit im Pamir. Die Stimmung wurde wieder beschwingter, nicht zuletzt, weil sie noch eine zweite Flasche Wein aufgemacht hatten. Es war schon nach Mitternacht, als Mike sich verabschiedete. »Nun, Ladys, es war ein sehr netter Abend. Vielen Dank für die vorzügliche Pizza und den guten Wein. Gerne würde ich mich revanchieren und euch bei mir in meinem Quartier im Pamir mit den bescheidenen Speisen des Pamir Gebirges bewirten. Ihr seid herzlich eingeladen.«

Hier lächelte er insbesondere Cara an. Cara bemerkte, dass sie etwas rot wurde, aber zum Glück war das Licht in Meggys Wohnzimmer zu dunkel, als dass es jemand hätte bemerken können. »Also, ich komme gerne – nur 'ne Pizza bringe ich nicht mit, falls du darauf spekuliert hast«, lachte sie. »An Pizza hatte ich dabei jetzt eigentlich nicht gedacht«, antwortete Mike ebenfalls etwas angetrunken. Er schrieb Cara noch seine Telefonnummer auf und verabschiedete sich von Meggy und Cara mit freundschaftlichen Küsschen auf die Wangen.

Cara sagte Meggy gute Nacht und zog sich auf ihr Zimmer zurück – beschwingt vom Wein und der angeregten Unterhaltung.

6. Kapitel: Nuria

Cara hatte gerade noch eine Kohletablette genommen und sich ins Bett gelegt, wobei die ganze Müdigkeit des Tages auf sie herabgesunken war, als es dringlich an ihrer Tür klopfte. Schon schlaftrunken wankte Cara zur Tür und öffnete. Herein stürzte Nuria. »Cara, pst – ich möchte nicht, dass Meggy mich hier sieht. Sie sind meine letzte Hoffnung«, sprach sie hastig und machte die Tür schnell wieder hinter sich zu.

Cara setzte sich wieder auf ihr Bett, völlig verwirrt, bot Nuria aber einen Stuhl an. »Was ist denn los?«, fragte Cara, die sich nicht klar war, ob das jetzt schon ein Traum oder noch Realität war. »Sie wissen wahrscheinlich, dass mein Mann erschossen wurde. Ich habe gehört, dass Sie das Ganze vom Rokhat aus gesehen haben. Nun hat dieser hinterhältige Rachmat das Gerücht in die Welt gesetzt, dass ich einen Geliebten habe und dieser meinen Mann getötet habe.« Nuria sprach leise und hastig. »Das ist Unsinn, das müssen Sie mir glauben.« Sie sah Cara an – Cara sah in ihrem Gesicht Verzweiflung – das ist keine Schauspielerei, dachte sie, die Arme ist wirklich am Ende.

»Jetzt ist die Familie meines Mannes hinter mir her und will wissen, wo mein Liebhaber ist, um dann mich und meinen Liebhaber zusammen zu lynchen. Dabei habe ich noch nicht einmal einen Liebhaber.« Sie schaute zur Decke, um Tränen zurückzuhalten, die jetzt aus ihren Augen strömten. Sie wischte sie mit dem Handrücken beiseite, fing dabei aber zu schluchzen an. Cara war wie immer, wenn sich jemand vor ihr in Tränen ergoss, voller Mitgefühl, aber ebenso hilflos. »Nuria, meine Liebe, beruhigen Sie sich erst einmal und dann sagen Sie mir, wie ich Ihnen helfen kann.« Sie gab Nuria Klopapier – ein Taschentuch fand sie so schnell nicht.

»Ich muss mich verstecken, aber nicht in Duschanbe. Hier haben Rachmat und die Familie meine Mannes zu viele Augen und Ohren. Meine Familie kommt aus dem Pamir, aus Gorno-Badachstan. Dorthin werde ich gehen. Aber ich habe kein Geld. Ich habe zwar einiges gespart, aber das ist in der Wohnung gut versteckt und ich komme nicht daran. Können Sie mir Geld leihen, Cara? Ich werde es Ihnen auch zurückzahlen, wenn sich alles beruhigt hat.«

Cara hatte immer ausreichend Bargeld bei sich, da man in Tadschikistan nur Cash zahlen konnte und es kaum möglich war, über Banken an Bargeld zu kommen. Sie gab Nuria 400 Dollar. Damit könnte ich mich der Mithilfe zur Flucht einer Tatverdächtigen schuldig machen, dachte sie, wenig erpicht darauf, es hier mit der Polizei zu tun zu bekommen. Aber andererseits konnte sie Nuria auch nicht ihre Hilfe verweigern. Und Geld war das Geringste, womit sie helfen konnte. Es war gut möglich, dass Nuria wirklich aus Gründen der Familienehre geopfert würde, Liebhaber hin oder her. Cara hatte eine Idee. »Nehmen Sie diese Telefonnummer – Sie erreichen einen Amerikaner namens Mike. Er arbeitet für das Agha Khan Development Network in Gorno Badachstan. Über ihn können Sie mich erreichen.« Cara schrieb die gerade erst erhaltene Telefonnummer auf einen Zettel und gab ihn Nuria. Sie umarmte Cara. »Viel Glück, Nuria, und passen Sie gut auf sich auf. Es wird schon alles gut gehen!«

7. Kapitel: Ausflug in die Berge

Cara wachte auf, als die Morgensonne schon warm in ihr Zimmer schien. Sie schaute auf ihre Uhr. 6.00 Uhr, dabei ist heute Samstag und ich kann ausschlafen. Sie machte die Vorhänge zu und legte sich wieder ins Bett. Ihr fielen die Gespräche von gestern ein. Nuria auf der Flucht! Das Leben mit ihrem Mann war bestimmt nicht einfach gewesen. Ob sie vielleicht doch einen Liebhaber hatte und sie doch gemeinsam beschlossen hatten, den Ehemann zu beseitigen? – Blödsinn. Auch in einer traditionellen Gesellschaft wie hier gibt es Scheidungen. Mit ihren guten Englischkenntnissen und ihren Kontakten zu internationalen Institutionen hätte sie sich auch ins Ausland absetzen können. Aber dann wiederum ist das nicht einfach und sehr teuer. Wie denkt eine Nuria? Ist die Bindung zu ihrer Familie so eng?

Diffus gingen Cara alle möglichen Gedanken durch den Kopf. Musafar war auch sehr komisch in dieser ganzen Sache. Ob er Nurias Geliebter ist? Er war so unglaublich nervös während des Mittagessens, als sie Zeugen des Mordes wurden. Und hatte nicht auch Musafar die Idee gehabt, ins Rokhat essen zu gehen und den Platz auf der Terrasse ausgesucht? Aber dass er am nächsten Tag so völlig neben sich war, würde auch durch die Geschichte erklärt.

»Das ist doch alles Blödsinn«, sagte Cara dann laut und ging erst einmal ins Bad, um eine kalte Dusche zu nehmen. Vielleicht wurde der Kopf ja dadurch klarer. Der Restalkohol und leichte Kater halfen nicht gerade beim

Denken. Sie ging unter die Dusche. Das Wasser war nicht kalt, sondern lauwarm und wieder voller feinem Quarzsand. Als sie sich trocken und den Sand von der Haut rubbelte, fühlte sie sich dennoch etwas erfrischt.

Das ist alles wirklich Blödsinn. Und wenn Musafar ihr Liebhaber wäre, warum sollte Nuria dann zu mir kommen? Musafar hätte ihr viel besser helfen können. Nun, sie hatte eh noch mit Musafar geschäftlich zu reden, sie nahm sich vor, ihn gleich als Erstes nach dem Frühstück anzurufen. Vielleicht verriet er sich ja durch irgendetwas.

Das Frühstück war trotz der frühen Stunde schon von Meggys Köchin/Haushälterin zubereitet und sah verlockend aus mit der großen Auswahl an frischem Obst und Gemüse. Zu Caras Überraschung saßen auch schon zwei andere Gäste an der großen Tafel, an der die Gäste zum Essen zusammenkamen. Es waren zwei Schweizerinnen, die touristisch in Tadschikistan unterwegs waren. »Touristisch?«, fragte Cara erstaunt – denn Touristen hatte sie hier noch nie getroffen. »Ja, wir wandern. Es ist hier wie bei uns zu Hause in den Alpen, fast noch schöner. Und die Berge sind hier noch höher. Die Hälfte der Fläche Tadschikistans liegt über 3000 Meter. Im Pamir Gebirge gibt es mehrere Siebentausender. Der höchste hat 7500 Meter.« – »Ich erinnere mich«, sagte Cara, während sie sich kräftig bei dem frischen Obst bediente. »Bis 1999 hieß er Pik Kommunismus – Pik ist russisch und heißt Berg. Dann wurde er umbenannt in ›Ismoll Somon‹.« – »Ist das der gleiche, nach dem die Währung benannt ist?«, fragte eine der beiden Schweizerinnen, noch ihr Müsli kauend. »Genau der. Und dieses neue, monumentale silbern-goldene Denkmal in der Mitte der Stadt ist auch Somon gewidmet. Somon war der Begründer des ersten tadschikischen Staates im 9./10. Jahrhundert. Da Tadschikistan nur eine kurze Zeit als eigener Staat existierte, muss Tadschikistan sein Nationalgefühl eben stark auf dieser kurzen Zeit aufbauen. Bis zur Aufteilung Zentralasiens in fünf Republiken empfanden sich Tadschiken nicht als eigenes Volk – dazu waren sie kulturell viel zu eng mit Usbekistan verwoben. Die wichtigsten historischen tadschikischsprachigen Städte, Samarkand und Buchara, liegen heute in Usbekistan.« – »Ah ja«, höflich hatten die Schweizerinnen sich diese belehrenden Sätze angehört und konterten: »Ja, und um auf die Berge zurückzukommen: Die beiden anderen Gipfel um die 7000 Meter wurden gerade eben erst umbenannt – der 6900 Meter hohe Pik Revoluzi trägt nun den Namen des tadschikischen Gelehrten und Poeten Abu All Ibn Sino – auch Avicenna genannt, der auch vor etwa 1000 Jahren lebte. Der 7100 Meter hohe ehemalige Pik Lenina heißt nun ›Unabhängigkeitsgipfel‹.« O.K., die Schweizerinnen hatten auch ihr Wikipedia gelesen.

Cara dachte daran, dass sie heute auch noch eine Tour in die Berge vor sich hatte, allerdings nicht zum Wandern, sondern zu einem kleinen, von der Firma organisierten »Betriebsausflug«. Man traf sich außerhalb der Stadt oberhalb des Varzob Flusses, wo die Luft kühler war, zum Trinken und Essen. Tamara würde sie später abholen. Zu einer richtigen Bergtour hätte Cara allerdings auch mal Lust, am liebsten mit kundiger Führung und warum nicht gleich im Pamir? Da fiel ihr wieder Nuria ein, und auch Mike. Ich werde Mike gleich mal anrufen und ihn vorwarnen, dass man versuchen könnte, mich über ihn zu erreichen. Dazu muss ich ihm aber noch meine Kontaktdaten geben. »Nichts Schlechtes ohne etwas Gutes«, lautet ein russisches Sprichwort. Nurias Tragödie hat für mich das Gute, dass ich einen Vorwand habe, diesen Mike wieder anzurufen.

Zuerst aber rief sie Musafar an. Er meldete sich gleich nach dem ersten Klingeln. »Guten Morgen, hier spricht Cara. Ich hoffe, dass ich Sie nicht zu früh am Morgen anrufe?« – »Cara, hallo. Keine Sorge, ich bin schon eine Weile wach. Wie geht's?« – »So weit, so gut. Dieser Vorfall beim Standesamt scheint mich aber doch irgendwie bewegt zu haben, ich hatte einen Alptraum davon«, log Cara, denn tatsächlich hatte sie trotz der Aufregung wie ein Stein und völlig traumlos geschlafen. »Ach, Cara, es tut mir leid, dass Sie so etwas ansehen mussten. Eigentlich ist es in unserem Land recht friedlich. Aber so etwas gibt es leider wohl in jedem Land«, sagte Musafar beruhigend. Cara ließ nicht locker. »Weiß man denn inzwischen mehr über den Täter und das Motiv?« – »Ach, versuchen Sie doch einfach, das Ganze zu vergessen, Cara. Wie ich Ihnen gestern schon sagte, hat wohl keiner wirklich etwas gesehen. Kann sein, dass man diesen Fall nie aufklären wird.« Musafar sprach völlig ruhig und unbeteiligt. Tja, ich hatte auch nicht wirklich ein Geständnis von ihm erwartet, dachte Cara. Am Telefon erfahre ich so aber nicht mehr.

»Na gut, ich rufe aber eigentlich aus einem ganz anderen Grund an: Gestern Abend hatten sich doch Thierry und Ruslan noch getroffen, nicht wahr? Wissen Sie, ob dabei Näheres über das weitere Vorgehen bezüglich der

Frequenzen besprochen wurde? Ehrlich gesagt möchte ich dieses Mal nicht wie schon damals bei der Lizenzvergabe von den Dingen erst hinterher, wenn es zu spät ist, erfahren.« – »Tja, ich würde auch gerne wissen, was die beiden besprochen haben, wenn sie sich denn überhaupt getroffen haben. Thierry ist heute Morgen mit der ersten Maschine wieder abgeflogen. Das hat er mir per SMS mitgeteilt und gesagt, dass wir alles Weitere ja am Montag telefonisch besprechen können.« – »Ach, er wollte doch eigentlich das Wochenende über bleiben, oder?«, fragte Cara. Sie wussten beide, dass Thierry eine Freundin in Duschanbe hatte und daher ganz gerne auch mal das Wochenende über blieb. »Cara, warum rufen Sie nicht einfach Ruslan an? Soweit ich weiß, fliegt er erst heute Abend weiter. Mit Ihrem weiblichen Charme erfahren Sie bestimmt eher etwas als ich.« – »Weiblicher Charme, ja? So etwas hat bei Ruslan wohl noch nie funktioniert. Aber ich werde es versuchen«, damit beendeten beide lachend das Telefonat.

Ja, es war wirklich eine wilde und idiotische Theorie – Musafar und Nuria sollten ein heimliches Liebespaar sein, eigentlich absurd. Wie bin ich eigentlich auf dieses Hirngespinst gekommen, dachte Cara. Musafar machte immer den Eindruck eines ganz und gar integeren, völlig in seinem Beruf aufgehenden Menschen. Tatsächlich wusste Cara sehr wenig über Musafars Privatleben. Sie glaubte sich zu erinnern, dass er mit einer Tadschikin verheiratet ist und einen Sohn hat. Musafar äußerte sich aber nie zu privaten Themen. Cara musste diese Information wohl von Thierry bekommen haben.

Sie rief Ruslan an. Seine Nummer war einfach zu merken – die Vorwahl für das Mobilfunknetz von Tajikmobile, dann eine 6 und 6-mal die Null. Typisch Ruslan, dachte Cara, er hatte unbedingt diese Nummer haben wollen, obwohl wir sie als »goldene Nummer« auch für viel Geld an einen zahlenden Kunden hätten verkaufen können. »Ja?«, meldete sich Ruslan. »Ruslan Akilovich«, sprach Cara ihn mit Namen und Vatersnamen an, »guten Tag. Hier spricht Cara Schumann.« – »Cara, ich rufe Sie gleich zurück«, sagte Ruslan unwirsch und hatte schon wieder aufgelegt. Na super, dachte Cara. Wann mag wohl »gleich« sein – in ein paar Minuten oder Stunden? Egal, ich rufe erst mal Mike an, diese »Anklopfen«-Eigenschaft unseres Mobilfunknetzes müsste eigentlich funktionieren.

»Hallo Mike, hier spricht Cara – Meggys Gast von gestern Abend.« – »Cara, hallo, wie schön deine Stimme zu hören. Bist du schon so früh auf den Beinen?« – »Ich hoffe, ich rufe nicht zu früh an?«, fragte Cara, etwas verunsichert. »Ach was, ich fliege am Montag nach Khorog und habe hier noch einiges zu erledigen, außerdem ist es morgens noch nicht so heiß.« – »Mike, ich habe einer tadschikischen Bekannten, die wohl auch häufiger in Gorno-Badakhtan ist, deine Telefonnummer gegeben und gesagt, dass sie mich im Zweifelsfall über dich erreichen kann. Tja, ich habe dich vorher nicht gefragt, hoffe aber, dass das für dich o.k. ist.« – »Klar, kein Problem, wenn du mir verrätst, wie man dich erreichen kann.« Cara fing an, ihm ihre Telefonnummern und E-Mail-Adressen zu geben, als Mike sagte: »Cara, entschuldige, aber die Verbindung ist nicht so gut. So verstehe ich nie deine E-Mail-Adresse. Was für Pläne hast du denn für morgen? Wie wäre es, wenn wir uns auf einen Kaffee treffen?« Bingo, dachte Cara. Ein kleines Date wäre wirklich eine nette Abwechslung. In dem Moment hörte sie aber an dem Knacken in der Leitung, dass jemand versuchte, sie anzurufen. »Mike – eine klasse Idee. Ich bekomme gerade einen Anruf, auf den ich gewartet habe – sagen wir morgen, 2 Uhr mittags im türkischen Café gegenüber vom ZUM? Sorry, ich muss jetzt auflegen«, sprach sie und kaum dass Mike »o.k.« gesagt hatte, hatte sie ihn schon aus der Leitung geschmissen.

»Cara, was gibt's?«, meldete sich Ruslan. »Ruslan Akilovich, ich würde gerne mit Ihnen noch kurz darüber sprechen, wie wir bezüglich der Frequenzen nun weiter vorgehen. Hatten Sie eine Gelegenheit, mit dem Minister noch ein Gespräch zu führen oder hatten Sie sich mit Thierry auf ein Vorgehen festgelegt?« – »Cara, mein Kind, ich habe es Ihnen gestern schon gesagt, wir werden die Frequenzen schon kriegen. Glauben Sie mir, dass Sie gar nicht mehr wissen wollen.« – »Ruslan Akilovich, so kann ich nicht arbeiten«, platzte Cara nun heraus. »Ich wurde von der Bank als Strategieberaterin engagiert und kann kaum vernünftig arbeiten, wenn wesentliche Entscheidungen an mir vorbeilaufen. Außerdem würde ich gerne selbst entscheiden, was ich wissen möchte, und was nicht.« – »Nun, die Bank hat Sie engagiert, also reden Sie am besten mit der Bank, wenn Sie Probleme mit Ihrer Arbeit haben«, gab Ruslan kühl zurück. »Mit Thierry werde ich auch reden, aber leider ist der ja bereits wieder abgereist.« – »Ach, schau mal einer an!« Ruslan schien auch verwundert. »Ist das alles, Cara?« – »Ja, danke Ruslan. Guten Heimflug«, sagte Cara ironisch die Höflichkeitsform wahrend.

Abserviert hat der mich, dachte Cara frustriert. Klar, über das Telefon hätte ich auch nichts gesagt, aber er hätte mich ja auch anders ins Bild setzen können – über Tamara zum Beispiel. Schlimmstenfalls schießt er uns nämlich mit seinen krummen Touren ein echtes Eigentor und man nimmt uns die Lizenz weg oder lässt uns irgendwelche horrenden Extragebühren zahlen, sodass wir niemals schwarze Zahlen schreiben. Nun ja, vielleicht weiß Tamara ja doch etwas mehr und erzählt es mir bei unserem Ausflug in die Berge.

Cara hatte gerade noch Zeit, sich ihre Cargohose anzuziehen, als sie den schwarzen Wolga von Tamara schon heranfahren sah.

8. Kapitel: Unfall

Tamara und ihr Fahrer Vadim waren aus dem Wagen gestiegen, um Cara zu begrüßen. Alle waren in Ausflugslaune. »Nun, Cara, haben Sie auch Ihre Badesachen eingepackt?« Cara schaute erstaunt. »Baden? Wo denn?« Tamara lachte über das verblüffte Gesicht. »Ja, wir fahren doch zum Varzob-Haus. Dort gibt es auch einen kleinen Swimmingpool.« Cara hatte keinen Badeanzug mit nach Tadschikistan genommen – der Gedanke, dass sie hier neben der Arbeit auch Vergnügen und eine gelegentliche Erfrischung u.a. auch in Meggys Pool haben könnte, war ihr beim Packen zu Hause gar nicht gekommen.

Sie fuhren los, über die Hauptstraße Duschanbes gen Norden. Die Straße wurde immer staubiger, die Landschaft immer karger und vertrockneter, bis sich Berge rechts und links von ihnen auftaten und sie das türkisfarben sprudelnde Wasser des Flusses sahen.

»Das hier ist eine Villa des Präsidenten«, sagte Tamaras Fahrer Vadim, als sie an einer besonders schönen Stelle des Flusses ankamen. Cara sah auf der anderen Seite des Flusses eine üppig grüne Parkanlage mit einigen schönen, gepflegten kleinen Villen in traditionellem Stil. »Und drüben auf dem Berg ist die nächste Basisstation«, lachte Tamara, »wir mussten sicherstellen, dass der Mobilfunkempfang gerade hier beim Präsidenten exzellent ist.« – »Ja, der Präsident hat sich hier ein hübsches Fleckchen ausgesucht«, musste Cara zustimmen. »Aber so nah an der Straße – ist das kein Sicherheitsrisiko?« – »Nicht wirklich – immerhin ist der Fluss zwischen dem Anwesen und der Straße – die nächste Brücke befindet sich ein gutes Stück flussabwärts und wird gut bewacht«, antwortete Vadim im Ton eines Experten. Cara fand das interessant. Offenbar kam Vadim wie so viele Fahrer oder Pförtner aus dem Sicherheitsbereich. Sie versuchte, mehr über Vadims Wissen herauszubekommen. »Das käme Scharfschützen nur zupass – sie können von dieser Seite aus gut jemanden hinter den Fenstern der Villa erschießen«, provozierte Cara. Vadim erklärte ruhig: »Die Fenster sind aus kugelsicherem Glas, das gegenüberliegende Ufer wird bewacht, außerdem hält sich der Präsident nicht in diesen Teilen des Gebäudes auf.«

Sie bogen nun von den Hauptstraße längs des Flusses ab auf einen kleinen, holprigen Pfad, der sich in Serpentinen einen Berg hinaufschlängelte. Selbst in dem weichgefederten Wolga wurden sie kräftig hin und her geschüttelt. Der Weg war kaum befestigt und zum Tal ging es steil nach unten. Hier möchte ich nicht bei schlechtem Wetter unterwegs sein, dachte sich Cara. Wenn man hier vom Weg abkommt und in die Tiefe stürzt, bedeutet das den sicheren Tod. Cara überlegte, ob wohl ein Anschnallgurt bei einem Absturz helfen oder schaden würde. Für sie war das irrelevant, es gab auf der Rückbank keine Gurte. Vadim war eh nicht angeschnallt – in diesem Land galt das noch als unter der Würde des Fahrers. Cara hatte allerdings beobachtet, dass Tamara sich immer angurtete.

Cara wurde in ihren Gedanken unterbrochen, als Tamara ausrief: »Oi, die Jungs sind schon da und haben bereits alles vorbereitet.« Sie holperten mit dem Wagen noch über einen Schotterweg mit tiefen Schlaglöchern auf ein schmuckloses

Betongebäude zu. In einem verwilderten Garten sah Cara einige Männer, die um eine Feuerstelle herumstanden und kritisch begutachteten, wie einer von ihnen in einer riesigen Pfanne rührte, die über dem Feuer hing.

Cara, Vadim und Tamara stiegen aus. Tamara stelle Cara den Männern vor – einige kannte Cara aus der Firma, viele hatte sie aber noch nie gesehen, obwohl sie als Abteilungsleiter vorgestellt wurden. Leute auf der Gehaltsliste, die wegen ihrer guten Beziehungen untergekommen sind, aber faktisch gar nicht arbeiten und oft noch nicht einmal ein Büro haben. Cara ließ sich von der guten Stimmung in der Runde ablenken und musste gleich auch ein großes Glas Wodka zur Begrüßung trinken. In der Pfanne köchelte ein wunderbar duftendes Gericht – Cara konnte viel Fleisch, Gemüse und ganze Knoblauchknollen darin ausmachen. Plow, das usbekische Nationalgericht. Man nahm an einem üppig gedeckten Tisch aus Plastik Platz.

Zu Caras Erleichterung gab es neben einem köstlichen und wohl selbstgemachten Fruchtsaft auch unbegrenzt grünen Tee zu trinken. »Essen Sie, Cara«, forderte Tamara sie auf. »Das Essen ist ›ökologisch sauber‹«, witzelte sie und die Männer lachten. Da es dem Land an Geld für Chemie oder Massentierhaltung fehlt, blieb den armen Bauern gar nichts anderes übrig, als ihr Vieh in die Berge zu treiben und das Gemüse mit Sonne, Wasser und viel manueller Arbeit anzupflanzen. »Die Hühner sind allerdings nicht unbedingt ökologisch sauber«, warf einer von Tamaras Mitarbeitern ein, »das sind ›Bush's Beine‹, Nahrungsmittelhilfe vom ehemaligen amerikanischen Präsidenten Bush senior.«

Cara ließ es sich schmecken. Obst und Gemüse waren köstlich, der Plow kräftig, nur das Fett am Fleisch bzw. die ganzen Fettstücke, die sich die Männer genüsslich einverleibten, waren Cara dann doch zu viel. Die Stimmung wurde immer lebhafter, der Reihe nach machte man Trinksprüche, Cara radebrechte etwas über die tadschikische Natur und deren Reichtum an Schönheit. Wohlwollend wurde auch darauf angestoßen.

Nach dem Essen – untypischerweise wuschen die Männer ab – suchten sich Tamara und Cara ein ruhiges Plätzchen mit Blick auf das Varzob Tal und versuchten bei einer Schale grünen Tee wieder einen klaren Kopf zu bekommen. »Schauen Sie, Cara, da hinten sind Wolken, vielleicht bekommen wir ja doch noch den erwünschten Regen.« Cara, durch den Tee wieder etwas nüchterner, dachte sich, dass jetzt eine gute Gelegenheit sei, mit Tamara über das unfreundliche Gebaren ihres Chefs zu sprechen. Vorsichtig begann sie das Gespräch: »Ja, etwas Abkühlung täte der Stadt wirklich gut. Tamara Grigoriewna, ich würde gerne mit Ihnen über Ruslan sprechen. Wissen Sie, ich habe heute Morgen mit ihm telefoniert. Ich wollte wissen, ob er gestern mit Thierry noch etwas über das weitere Vorgehen mit dem Minister besprochen hat und was er sich als weiteres Vorgehen vorstellt.«

Cara warf kleine Kieselsteine den Hang hinunter. »Thierry, müssen Sie wissen, ist noch gestern Abend ganz unerwartet mit dem letzten Flieger nach Taschkent geflogen. Von ihm konnte ich also nichts erfahren.« – »Thierry ist Hals über Kopf abgereist? Das sieht ihm ähnlich, sich einfach aus dem Staub zu machen.« Sie schnaufte verächtlich. Cara war verdutzt über diese heftige Reaktion und schaute entsprechend fragend. »Cara«, Tamara holte Luft, »ich sollte Ihnen das nicht sagen, aber ich muss mir einfach Luft machen. Sie haben sicherlich mitbekommen, dass Thierry ein alter Schwerenöter ist. Aber wissen Sie auch, wer seine aktuelle Geliebte ist?« Cara stand auf dem Schlauch. Tamaras Tochter doch wohl nicht? Unsinn, die ist nicht sein Typ. »Niemand anderes als unsere Nuria.«

Na klar, dachte Cara. Und ich hatte den armen Musafar verdächtigt. Aber eigentlich ist es nicht so verwunderlich: Thierry passt. Ein charmanter Mann mit zudem guten Beziehungen. Vielleicht hat Nuria ihn als ihr Ticket aus ihrem Leben in Duschanbe gesehen. Laut sagte sie zu Tamara: »Klar, dass er sich aus dem Staub gemacht hat. Nurias Mann ist tot und alle glauben, dass ihr Geliebter ihn umgebracht hat. Die Sippe von Nurias Mann ist in Lynchwut auf der Suche nach Nurias Geliebten. Und glauben Sie bloß nicht, dass er Nuria mitgenommen hat. Ich kenne diese Art von Mann. Wenn es Komplikationen gibt, sind die weg und finden tausend Ausflüchte, um sich nicht mehr blicken zu lassen.« Cara dachte daran, dass Nuria zu ihr gekommen war, um sie nach Geld zu fragen. Offensichtlich hatte Nuria keine Gelegenheit mehr gehabt, Thierry zu treffen. Denn Geld hätte er ihr sicherlich noch gegeben. Das Schwein, dachte sie, haut einfach ab, ohne sich auch nur eine Spur um sie zu kümmern.

Cara überlegte noch, ob sie Tamara von Nurias Besuch erzählen sollte, als das Telefon klingelte. Sie schaute auf das Display – eine Nummer mit vielen Nullen am

Ende. »Das ist Ruslan«, sagte Cara erstaunt zu Tamara und nahm das Gespräch an. Am anderen Ende hörte sie Rauschen und das Geräusch von schweren Schritten auf einem steinigen Boden. Cara musste grinsen – offensichtlich war Ruslan sich nicht bewusst, dass sein Handy gerade eine Verbindung aufgebaut hatte. Neugierig stellte sie ihr eigenes Handy auf »stumm«, sodass sie weiterhin Ruslans Schritte hörte, er aber sie nicht hören konnte. Sie stellte auf Lautsprecher und drehte das Handy in Tamaras Richtung. »Da, hören Sie, die Schritte des mächtigen Ruslan, hätte er ein klappbares Motorola-Handy wie wir beide, würde ihm diese Peinlichkeit nicht passieren.«

»Diese Hurensöhne vermasseln noch alles«, tönte Ruslans Stimme gedämpft aus dem Telefon. Cara hatte den Impuls, das Handy auszuschalten, aber ihre Neugier war größer. Tamara sah man an, dass sie sich unwohl fühlte, sie sagte aber nichts. »Ganze LKWs mit den Geräten über die Grenze zu schicken ist hirnverbrannte Scheiße.« – »Aber unsere Leute sagen, dass die Zöllner und Grenzsoldaten sicher gekauft sind. Sie glauben, dass Heroin aus Afghanistan geschmuggelt wird und erhalten die dafür üblichen Preise«, hörte man eine zweite Stimme, die so klang wie der kleine Dicke, der Ruslan begleitete. »Hat man dir auch ins Gehirn geschissen?«, fuhr Ruslan ihn an. »Die Amis beobachten mit Satelliten den Verkehr. Größere Transporte sind genau das, wonach die suchen.« – »Aber Ruslan Akilovich, die LKWs sind den Amis doch als Transport für Drogen bekannt. Und das ist den Amis doch ganz egal, weil die Drogen in Europa und nicht in den USA landen. Das ist doch das Geniale an der Idee – die kommen nicht auf die

Idee, dass auch Waffen und Menschen in den LKWs sein könnten – schon gar nicht auf dem Weg von Afghanistan nach Tadschikistan.« – »Genau durch so superschlaue Arschlöcher wie euch wird unser Projekt noch auffliegen. Du rufst jetzt sofort den Zwerg an und sagst ihm, dass er keine weitere Lieferung schicken soll. Wir haben genug Material hier und können kein Risiko mehr in den letzten Tagen eingehen.« Die Stimme von Ruslan war bei den letzten Worten klarer und lauter geworden. »Und ich rufe jetzt …« Schnell klappte Cara ihr Handy zu. Ihr Herz raste, offensichtlich hatte Ruslan sein Handy aus der Tasche geholt, um jemanden anzurufen. »Hoffentlich hat er nicht gesehen, dass sein Handy die ganze Zeit an war«, stieß Cara hervor, ihr Kopf knallrot, sie bekam Angst. Tamara war aschfahl geworden. »Cara, bleiben Sie ruhig. Es ist unwahrscheinlich, dass er das gesehen hat, Sie haben ja schnell genug aufgelegt.«

»Nun, die Damen, noch Tee?« Tamaras Fahrer war mit der Teekanne zu ihnen gekommen. Tamara zeigte Geistesgegenwart. »Danke, das kommt gerade recht, von dem vielen guten Essen und Trinken sind wir doch noch ganz mitgenommen. Ein Tee ist jetzt genau richtig.« Er schenkte ein und ging wieder zu den anderen Männern zurück. »Ob er etwas mitbekommen hat?«, fragte Cara leise Tamara. »Nein, das glaube ich nicht. Er ist bestimmt kein so guter Schauspieler. Lassen Sie uns aber doch ein wenig spazieren gehen, damit wir sicher sind, dass uns keiner zuhört.« Sie gingen einen kleinen Pfad den Berg hinauf. »Cara, Sie wissen, dass wir das nicht hätten hören sollen. Weiß der Teufel, was da im Gang ist.« – »Waffen und Männer werden von Afghanistan nach Duschanbe gebracht – nun, das klingt nach Vorbereitungen für irgendein großes Ding, oder?«

»Ein Attentat in Duschanbe? Aber wer könnte das Ziel sein? Die amerikanische Botschaft? Die ausländischen Soldaten? Oder der tadschikische Präsident? Cara, was auch immer geplant ist. Wir müssen extrem vorsichtig sein. Sie wissen, wie gut Telefonate hier abgehört werden, wir selbst haben ja dem Geheimdienst Zugang zu unserem Netz geben müssen.« Cara wurde schlecht »Meinen Sie, dass auch andere dieses Gespräch gehört haben?« – »Nun, bei unseren Leuten weiß man nie, wie gut sie arbeiten. Aber Sie können sicher sein, dass von Leuten wie Ruslan alle Telefonate abgehört werden. Das weiß Ruslan, deshalb wird er auch Gespräche wie dieses nie über sein offizielles Telefon führen. Vielleicht wissen das unsere Geheimdienstleute auch und interessieren sich nicht für seine Gespräche.«

»Was machen wir denn jetzt?«, fragte Cara und hatte doch schon einen Plan gefasst. »Tamara, ich muss diese Information weitergeben. Vielleicht wird ja ein richtig großes Attentat geplant. Ich kenne den deutschen Botschafter und seine Frau. Ich werde einfach bei ihnen zu Hause vorbeigehen und mit dem Botschafter reden.« – »Da müssen Sie höllisch aufpassen, bestimmt ist seine Wohnung verwanzt und sein Personal auf verschiedenen anderen Gehaltszetteln.« – »Ich werde mich entschuldigen, dass ich sie sonntags störe, aber auf die freundschaftliche Beziehung verweisen und behaupten, mein Pass sei verloren und ich bräuchte dringend einen neuen und dabei dem Botschafter einen Zettel zukommen lassen, auf dem steht, dass ich ihn dringend vertraulich sprechen müsse.«

»Ach Cara, das ist ja wie in schlechten Spionageromanen. Wo sind wir hier nur hineingeraten! Wir verstehen doch beide nichts von diesen Dingen.« Cara fröstelte, die Sonne war hinter einer Wolkenwand verschwunden. »Tamara, was ist mit Ihnen, können Sie nicht kurzfristig mit Ihrer Familie zu Ihren Verwandten nach Kasachstan?« Cara wurde klar, dass sie als Deutsche in Krisenfällen durch die Botschaft relativ gut gesichert war, Tamara aber nicht. »Ich weiß nicht, einfach von heute auf morgen mit Sack und Pack aufbrechen? Außerdem wissen wir doch gar nicht, was hinter diesen Dingen steckt. Vielleicht ist es ja alles gar nicht so dramatisch. Außerdem – ich brauche diesen Job, um meine Familie über die Runden zu bringen. Selbst die Reise nach Kasachstan kann ich kaum bezahlen.« Cara wollte sofort finanzielle Hilfe anbieten, aber Tamara ahnte dies und sagte sofort: »Nein, Cara, Geld ist gar nicht das Problem und weglaufen hilft hier auch nicht. Lassen Sie uns in Ruhe noch mal über alles nachdenken.«

Cara kam der Gedanke, dass die Situation vielleicht in der Tat nicht so dramatisch ist – das ist Tadschikistan und Ruslan hatte sie eh allerhand schmutzige Geschäfte zugetraut. Macht er also auch Waffendeals – nun ja, wenn nicht er, dann halt andere. Im Zweifelsfall würden auch westliche Geheimdienste nicht intervenieren, solange die Waffen nicht für konkrete Anschläge gedacht sind. Zu Tamara sagte sie: »Tamara, vielleicht sind dies nur irgendwelche Waffendeals, wie sie hier halt vorkommen. Ich werde auf jeden Fall die deutsche Botschaft verständigen, die werden die Infos in Geheimdienstkreisen verwenden, wie sie es für richtig halten. Ich vertraue darauf, dass mein Name nicht weitergegeben wird. Natürlich werde ich behaupten, dass außer mir keiner dieses Gespräch gehört hat. Im Zweifelsfall passiert dann auch gar nichts. Und Ruslan und seine Leute werden niemals erfahren, dass wir hier irgendeine Rolle gespielt haben – Sie schon gar nicht.« Cara sah Tamara an, dass sie in der Tat auch etwas erleichtert war. »Kommen Sie, lassen Sie uns wieder zu den anderen gehen, man vermisst uns sonst noch.« Cara stimmte gerne zu – die Aufregung – oder das Essen – war ihr auf den Magen geschlagen und hatte ihre Magen-Darm-Verstimmung wieder aufleben lassen. Dringlichst zog es sie nun zu den sanitären Einrichtungen des Hauses.

Als Cara zur Gesellschaft zurückkam, war man in Aufbruchsstimmung. Tamaras Fahrer sagte: »Wir sollten rasch aufbrechen. Es wird bald regnen und dann wird es hier auf den Straßen ungemütlich.« Erst jetzt realisierte Cara, wie dunkel es geworden war und dass sich über ihnen eine dicke Wolkendecke zusammengezogen hatte. Sie verabschiedeten sich von den anderen und stiegen in den Wolga. »Und ich dachte noch auf dem Hinweg, dass ich hier nicht bei schlechtem Wetter entlangfahren möchte«, sagte Cara zu Tamara. »Machen Sie sich keine Sorgen, Vadim ist ein routinierter Fahrer, er könnte hier auch im Schlaf herunterfahren, nicht wahr, Vadim?« – »Und mit verbundenen Augen, kein Problem«, lachte Vadim, sah aber doch etwas angespannt aus. Der schwarze Wolga war der letzte Wagen, der das Anwesen verließ.

Schon nach kurzer Fahrt nahm Cara mit Entsetzen war, dass sich ihr Magen wieder zusammenkrampfte. Sie musste dringend wieder auf eine Toilette, daran war nichts zu ändern. Sich zusammennehmend sagte sie: »Vadim, es tut mir furchtbar leid, aber Montezumas Rache hat mich eingeholt, ich muss leider unbedingt mal kurz austreten. Und zwar, und das sage ich mit Bedauern: jetzt und sofort!« Vadim musste grinsen. »Der Montezuma, ja, da macht man nicht viel« – er hielt an der nächsten breiteren Stelle der steilen, schmalen Straße. Cara riss die Tür auf, rannte über die Straße und kletterte schnell die Böschung bis zum nächsten brauchbaren Strauch hinauf. Das Unwetter war schon recht nah, ein Blitz erhellte die Berge und gewaltiges Donnern schmetterte über die Berge. Als Cara sich gerade erleichterte, hörte sie ein Auto den Weg hinabfahren. Wie peinlich, hoffentlich sieht man mich hier nicht, dachte Cara und hielt nach dem Auto Ausschau. Es war ein solider Geländewagen einer internationalen Marke.

Der Wolga war etwas vor und zur Seite gefahren, um dem Wagen Platz zu machen. Als der Geländewagen sich dem Wolga näherte, beschleunigte er jedoch. Was für Idioten, dachte Cara, der Wagen hielt direkt auf den Wolga zu.

Dann traf der massive Geländewagen den Wolga am Heck und kickte ihn so ein gutes Stück gen Abgrund. Vadim gelang es noch, das Auto wieder zum Stehen zu bekommen. Der Geländewagen legte sofort nach und schob im zweiten Anlauf den Wolga über den Wegrand – und damit in den Abgrund. Dann fuhr der Geländewagen in aller Ruhe weiter.

Cara konnte nicht glauben, was sie gerade gesehen hatte.

Ein lautes Donnern schmetterte über die Berge – das Gewitter kam näher. Panik stieg in Cara auf. Einen solchen Absturz überlebt niemand, dachte sie. Tamara und Vadim tot, getötet! Eiskalt umgebracht – und ich wäre auch dabei gewesen.

Cara wurde schlecht – sie übergab sich an Ort und Stelle.

9. Kapitel: Hilfe

Cara konnte allmählich wieder klarer denken. O.K., zuerst Hilfe holen. Verdammt, wen rufe ich denn da an? Cara wurde klar, dass sie noch nicht einmal die Telefonnummer der Polizei hatte. Die Polizei würde hier eh nicht helfen, im Gegenteil. Sonst kannte sie auch kaum Leute, außer Meggy. Ja, Meggy würde wissen, wer helfen kann. Cara tastete ihre Taschen ab. »Verdammt, das Handy ist im Auto.«

Panik stieg erneut in Cara hoch. Sie war allein, Tamara und Vadim waren schwer verletzt oder tot, die Kollegen schon längst vor Duschanbe, das Gästehaus leer, das nächste bewohnte Haus wohl viele Kilometer entfernt. Gleich würde ein Unwetter ausbrechen. »Verfluchte Berge, verfluchtes Land!«, schrie Cara. »O.K., nun beruhig dich«, sprach sie zu sich selbst. »Jetzt such zuerst das Auto und schau nach den beiden, leiste erste Hilfe, soweit es geht, finde ein Handy und ruf Meggy an.«

Cara kletterte die Böschung hinab. Sie ging zu der Stelle, wo der Wolga in die Tiefe gestürzt war. Durch das nahende Unwetter war es so dunkel, dass Cara zunächst nichts sehen konnte. Sie sah tief unten auf der Straße das Scheinwerferlicht eines wegfahrendes Autos. Wahrscheinlich der Geländerwagen, dachte sie. Ein Blitz schuf plötzlich grelles Licht – aus Angst, dass die Männer im Geländewagen sie sehen könnten, duckte Cara sich hinter einen Busch. Ihr schien, dass sie einen Augenblick lang auch den Wolga wieder gesehen hatte, nicht weit unterhalb von der Stelle, wo sie sich gerade befand.

Sie strengte ihre Augen an, um in der Dunkelheit wieder etwas sehen zu können. Ja, dieses dunkle Ding, das könnte das Auto sein. So sehr sie sich bemühte, konnte sie doch nicht erkennen, was mit dem Auto passiert war. Da muss ich näher ran, von hier kann ich gar nichts machen, dachte Cara und versuchte, sich die Absturzstelle einzuprägen, indem sie nach markanten Bäumen oder Steinen Ausschau hielt.

Dann lief sie schnell die Straße herunter, die vielen Steine und Löcher bei der schlechten Sicht verfluchend. Es fing an zu regnen, Cara fluchte immer heftiger. »Dieses Scheißland mit seiner miesen Infrastruktur und aller kriminellen Scheiße, wo Menschenleben nichts gelten.« Cara versuchte sich zu konzentrieren – Ruslan musste hinter diesem Anschlag stecken. Aber wie kann er so schnell reagieren? Es waren nur wenige Stunden seit dem Anruf vergangen. Und woher weiß er, wo wir sind? Scheint, dass wir Ruslan mächtig unterschätzt haben. Aber wenn er so viel weiß, wird er auch bald herausbekommen, dass ich noch lebe. Verdammt, ich darf keine bekannten Anlaufstellen nutzen. Ich kann nicht mehr in Meggys Gästehaus – auch Meggy anzurufen, kann gefährlich sein. Selbst mein Handy sollte ich nicht mehr benutzen.

Cara war mittlerweile eine Serpentine weiter unten angekommen. Sie versuchte, die eingeprägten Landmarken der Absturzstelle wiederzuerkennen. Da sah sie den Wolga. In der steilen Böschung hing das Auto in einem Strauch oder Baum. Cara rannte nun so schnell sie konnte die Straße bis zur Nähe des Autos hinab – sie konnte auf dem Boden eine Gestalt ausmachen. Es war

Vadim. Cara beugte sich über ihn – sie konnte nicht ausmachen, ob er noch lebte. Er lag aber in einer derart unnatürlichen Haltung auf dem Boden, dass Cara dachte, dass er sich wohl das Genick gebrochen hatte. Jetzt fing es auch noch zu regnen an. Von Tamara keine Spur – vielleicht war sie noch im Auto.

Cara kletterte die Böschung hinauf. Sie war verdammt steil, sie musste sich mit den Händen an Steinen und Ästen hinaufziehen, der Regen hatte sie bald vollständig durchnässt, oft rutschten ihre Hände ab. Sie schaffte es aber doch bis zum Auto. Der Sturz des Wolgas war wohl durch die Bäume und Sträucher abgebremst worden und der Wolga dann in einem kräftigen Strauch auf der Seite liegend hängen geblieben. Die Fahrertür hing offen nach unten, die Scheiben waren zersplittert. Cara konnte auf der Beifahrerseite die Gestalt von Tamara ausmachen. Ein Glück – die Gurte haben sie im Sitz gehalten. Aber verdammt, wie soll ich denn zu Tamara kommen, ohne dass ich das Auto noch zum weiteren Absturz bringe? Cara gelang es jedoch, sich von oben der Beifahrertür zu nähern, dabei musste sie sich aber mit den Beinen an einem Ast festklemmen, sich mit dem Oberkörper zum Auto runterlassen. Das Fenster der Beifahrertür war nahezu vollständig zersplittert. Sie reichte mit der Hand durch das Fenster und ertastete Tamaras Schulter.

Ein leichtes Stöhnen war von Tamara zu vernehmen. Ein Glück, sie lebt noch! Cara war schlagartig voller Energie. »Tamara, hören Sie mich?«, rief Cara laut gegen den Regen an – keine Reaktion von Tamara. Sie hing schlaff in den Gurten, den Kopf auf der Kopfstütze des Fahrers, sie blutete an den nackten Armen und im Gesicht. Hoffentlich nur oberflächliche Verletzungen durch die Splitter, dachte Cara. Sie konnte hier alleine nichts ausrichten. Wenn sie in das Auto kletterte, würde sie es wohl zum Abstürzen bringen. Und allein könnte sie auch unmöglich Tamara aus dem Auto heben. Sie war ja kaum in der Lage, ihr eigenes Gewicht zu halten. »Tamara, hören Sie, alles wird gut! Ich hole Hilfe! Seien Sie stark, denken Sie an Ihre Familie! Ich werde bald mit Hilfe zurück sein!!!« Cara hörte ein weiteres Stöhnen von Tamara. »Alle Götter dieser Welt – helft mir!«, rief Cara ein Stoßgebet zum Himmel! Tamara darf nicht sterben!!! Es gelang Cara, wieder nach unten zu klettern, ohne die Lage des Autos zu gefährden. Auf der Straße angekommen schaute sie wieder nach Vadim. Er lag in derselben Position da. Cara konnte keinen Puls erfühlen.

Vielleicht gibt es hier in der Nähe Bauern oder Hirten. Die Leute wissen sich hier in der rauen Natur selbst zu helfen – vielleicht haben sie ja Geräte, mit denen wir Tamara helfen können und vielleicht gibt es ein Auto, mit dem wir sie in ein Krankenhaus bringen können.

Sie machte sich auf den Weg.

Als sie etwa ein halbe Stunde die Straße hintergelaufen war, sah sie endlich ein Haus. Es war eine einfache Hütte am Wegrand. Sie klopfte an die Tür. »Hallo, ist da jemand? Ich brauche Hilfe, ein Unfall ist passiert.« – Die Tür öffnete sich halb, ein Mann öffnete und sah Cara argwöhnisch an. Cara wiederholte: »Ein Autounfall, vielleicht einen Kilometer von hier entfernt. Ein Mensch ist vielleicht schon tot, eine Frau ist verletzt – ich kann sie aber allein nicht aus dem Auto befreien. Ich brauche Hilfe, schnell, sonst sterben die beiden. Bitte!«, eindringlich redete Cara auf den Mann ein. Der musterte sie kritisch. Ihre Kleidung klebte völlig durchnässt eng an ihrem Körper und zeichnete ihren Körper ab. T-Shirt und Hose waren außerdem durch die Kletterei schmutzig und zerrissen. Nachdem er sich so wohl vergewissert hatte, dass Cara unbewaffnet war, ließ er sie in das Haus.

Das Haus war nur schwach beleuchtet. Cara sah hinter dem Mann, den sie für etwa 60 hielt, einen Jungen von vielleicht 17 Jahren. Dieser hielt ein Gewehr in der Hand. Der Mann machte eine Geste zum Jungen und dieser stellte die Waffe an die Wand. Im Hintergrund konnte Cara eine ältere Frau und drei Kinder ausmachen, die sich verängstigt an ihre Beine klammerten. Die Frau musterte Cara kritisch. »Guten Abend«, grüßte Cara höflich. »Entschuldigen Sie die Störung.« Der Mann redete auf tadschikisch mit der Frau. Anscheinend erklärte er der Frau die Situation. »Haben Sie ein Telefon?«, fragte Cara dazwischen. Der Mann wandte sich an Cara.

»Ein Telefon haben wir hier nicht. Das nächste Telefon ist unten bei Rustam, aber wen wollen Sie anrufen? Bei dem Sauwetter kommt hier keiner raus.«

Kein Telefon, verdammt!, dachte sich Cara. »Was ist mit den Verletzten? Sterben werden sie, wenn wir nicht sofort etwas unternehmen.«

»Nun beruhigen Sie sich doch«, sagte die Frau, die ein reines Russisch sprach. »Wir möchten wissen, wie die Unfallstelle ausschaut. Was braucht man, um die Frau zu befreien?« Cara beruhigte sich tatsächlich nach diesen vernünftigen Worten. Sie beschrieb die Lage des Autos und wie sie sich von einem Ast zum Auto heruntergelassen hat und man vielleicht so, mit einem

Seil und starken Männern, Tamara aus dem Auto befreien könnte. Der Mann beriet sich mit der Frau und dem Jungen. Sie schauten immer wieder zu Cara, so, als ob sie das Risiko abschätzen würden. »Ich wäre Ihnen wirklich sehr dankbar für Ihre Hilfe«, sagte Cara mit Nachdruck. Ihr Akzent, ihr Auftreten und ihre Kleidung wiesen sie klar als Nichtrussin und Ausländerin aus. Und Ausländer werden hier mit »reich« assoziiert. Natürlich würde Cara jeden Helfer üppig belohnen, dies noch klarer auszusprechen, fürchtete sie, würde vielleicht Gefühle verletzen – Gastfreundschaft und Hilfe werden in Tadschikistan noch hochgehalten. Aber durch den Bürgerkrieg und herumziehende Banden sind die Menschen hier auch vorsichtig geworden.

»Warten Sie hier«, sagte der Mann zu Cara. Er ging mit dem Jungen in das Nebenzimmer. Die Frau bot Cara einen Platz auf dem Teppich an und gab ihr eine Schale Tee zu trinken. »Mein Mann und der Junge werden Ihre Freundin befreien. Machen Sie sich keine Sorgen. Die beiden haben schon oft Vieh befreit, wenn es verletzt am Fels feststeckte.« Tatsächlich kam der Mann mit zwei schweren Leinentaschen und wetterfester Kleidung wieder zurück. »Gehen wir los«, sagte der Mann. Vor der Tür wartete der Junge mit einem Esel, der vor einen einfachen Karren gespannt war. Der Mann lud die Säcke auf den Karren. Zum Glück hatte der Regen nachgelassen und die Wolkendecke war nicht mehr ganz so dicht, sodass sie besser sehen konnten.

Der Weg zurück zur Unfallstelle erschien Cara ewig zu sein, sie befürchtete schon, vorbeigelaufen zu sein, als sie dann auf den Körper von Vadim stießen, seine

Lage völlig unverändert. Der Mann beugte sich über ihn. »Der lebt noch, hat aber schwere Brüche und muss sofort behandelt werden.« Dann kletterten er und der Junge die Böschung hinauf – in einem Bruchteil der Zeit, die Cara gebraucht hatte. »Sie lebt noch«, rief der Junge runter, »wir können sie da rausholen, kein Problem.« Gott sei Dank, dachte Cara. Der Himmel hellte sich weiter auf. Sie blickte auf Vadim, nun auf einmal ganz gefasst. »Sein Handy!« Mit Überwindung fasste sie Vadim an und griff in die Jackettasche. Tatsächlich, da war es. Sie hatte sich schon vorher überlegt, dass es wohl keine gute Idee war, Meggy anzurufen. Statt dessen wollte sie Mike anrufen. Sie kannte ihn zwar kaum, aber er schien jede Menge nützliche Leute in Duschanbe zu kennen, bestimmt einen Arzt und Leute mit einem Auto und ausreichend Benzin, um hierherzukommen. Zur Not könnte er zu Meggy gehen und mit Meggy zusammen Hilfe organisieren.

»Mike – hier ist Cara. Hör zu, ich bin hier in einer Notsituation und brauche deine Hilfe.« Sie erzählte von einem Autounfall und dass sie dringend einen Arzt und einen Transport in ein Krankenhaus brauche. Sie bat Mike auch, sich nicht an die Polizei oder die Notrufnummern zu wenden, da sie vermutlich Opfer eines Anschlags geworden sind. Da einflussreiche Leute dahinterstecken könnten, vertraue sie nicht der Polizei. »Vielleicht bin ich paranoid, aber ich möchte auch nicht Meggy per Telefon um Hilfe bitten, da ihr Telefon bestimmt abgehört wird und ich nicht ausschließen kann, dass diese Leute darauf Zugriff haben.« Mike reagierte erstaunlich souverän und fragte gar nicht weiter nach.

»Cara, ich werde Hilfe organisieren. Ich kenne jemanden bei ›Ärzte ohne Grenzen‹, ein sehr fähiger Arzt aus Frankreich, er hat schon einmal einen Freund von mir wieder zusammengeflickt. Ich werde mich gleich mit ihm auf den Weg machen.«

Cara gab noch eine kurze Wegbeschreibung zur Hütte des Bauern. »Cara, nun sag mir nur noch eins – warum glaubst du, dass es ein Anschlag war?« Cara wollte am Telefon nicht zu viel sagen, konnte aber auch nicht riskieren, dass Mike glaubte, dass sie unter Verfolgungswahn litt, und doch irgendwelche offiziellen Stellen alarmierte. »Ich habe vielleicht zufällig von etwas gehört, was ich nicht hätte hören sollen. Auf jeden Fall glaubt jemand, dass ich etwas weiß, was ich nicht wissen soll«, sagte sie nebulös. »Ist der Chef von Tajikmobile involviert?«, fragte Mike. Cara krampfte sich das Herz zusammen. Was hatte ein Mitarbeiter der Agha Khan Foundation mit Ruslan zu tun? »Mike, warum fragst du das?«, fragte sie mit trockener Stimme »Also ja. Cara, ich werde dir einiges erklären müssen, aber glaub mir, ich gehöre zu den guten Jungs. Du bist tatsächlich in Gefahr. Bitte ruf keine weiteren Leute an. Erzähl auch den Hirten nichts. Bewahr Ruhe, ich werde bald mit dem Arzt bei euch sein. Alles wird gut, Cara.« Cara legte auf.

So eine Scheiße!, dachte Cara. Was für eine Rolle spielt Mike denn hier? Wer ist er? Steckt er mit Ruslan unter einer Decke? Wenn ja, dann habe ich gerade meine Killer direkt zu mir geführt und außerdem noch die Familie des Hirten in Gefahr gebracht. Verdammt!

Der Hirte und der Junge hatten mittlerweile Tamara aus dem Auto gezogen, auf einer Trage festgebunden und ließen die Trage nun langsam die Böschung hinab. Cara eilte hinzu, um zu helfen. Tamara hatte immer noch nicht ihr Bewusstsein wiedererlangt. Sie sah furchtbar aus. Sehr blass, das getrocknete Blut zeichnete sich dunkel auf ihrer Haut ab. Cara machte aber zum Glück kein frisches Blut aus. Abgesehen von den Schnittwunden konnte Cara auch keine weiteren äußeren Verletzungen ausmachen. »Der linke Arm ist gebrochen. Ist aber nicht kompliziert. Das bekommen wir wieder hin«, sprach der Hirte. »Bringen wir sie erst einmal ins Haus und versorgen dort ihre Wunden. Ich kann dann auch den Bruch versorgen.«

»Sie haben ein Telefon gefunden?«, fragte der Junge Cara, auf das Handy in ihrer Hand deutend. »Ja, in der Tasche des Mannes. Ich habe einen Bekannten in Duschanbe angerufen. Er hat versprochen, mit einem befreundeten Arzt vorbeizukommen.« – »Haben Sie auch die Polizei angerufen?«, fragte der alte Mann streng. »Man sagt, dass die Polizei oder andere öffentliche Stellen hier oft wenig helfen – ich habe kein Interesse daran, die Situation komplizierter zu machen, als sie ist«, sagte Cara trocken, dem Mann in die Augen schauend. »Mein Bekannter und der Arzt sind auch Ausländer. Der Arzt wird sich die beiden Verletzten anschauen und wir werden dann zusammen überlegen, was wir weiter machen.« Aus Angst, der Mann könne sie an Ort und Stelle allein lassen, fügte sie hinzu: »Ich habe gesagt, dass wir uns bei Ihnen zu Hause treffen.« Der Mann sah ziemlich verärgert aus, sagte aber nichts weiter. Sie luden Tamara und Vadim vorsichtig auf den Eselswagen.

Wieder in der Hütte des Hirten angekommen, legten sie Tamara und Vadim auf das Bett. Cara dachte, dass es wohl das einzige Bett der Familie war. Die Frau wusch die Wunden mit einem Kräutertee. Der Mann schiente Tamaras Arm, traute sich aber nicht, Vadim weiter anzufassen. »Innere Blutungen vielleicht. Da warten wir besser auf den Arzt.«

Cara war nervös. Bis zur Ankunft von Mike und dem Arzt würde nicht mehr viel Zeit vergehen. Was sollte sie tun? Wenn Mike zu Ruslan gehörte und mit hinter dem Anschlag steckte, wären sie alle verloren. Es gab keine weiteren Transportmittel außer der Eselskarre – sie würden nicht weit kommen. Selbst wenn sie die Hirten warnte und diese sich versteckten, könnten Ruslans Leute sie doch jederzeit wieder »besuchen« und beseitigen. Dann wiederum konnte Mike auch wirklich zu »den Guten« gehören. Ja, vielleicht arbeitete er ja für einen Geheimdienst. In einem Land wie Tadschikistan, mit der Nähe zu Afghanistan, Drogenschmuggel, islamischen Gruppen und jede Menge potentielles Rückzugsgebiet für Islamisten und auch im Agha-Khan-Netzwerk würde es schon Sinn machen, einen Agenten zu platzieren. Und jung wie Mike ist, steht er wohl auch ganz am Anfang seiner Karriere – ein Ort wie Tadschikistan passt – nicht der Hauptfokus der westlichen Dienste, aber doch nicht unspannend zu beobachten. Und letztlich waren Geheimdienstler ja keine James Bonds, sondern meist ziemlich gewöhnliche Erscheinungen. Ja, das konnte passen. Und wenn Ruslan auf dem Radar von Mike war – was ja auch nachvollziehbar war –, passte auch sein Interesse an mir. Tja, typisch, dachte Cara, wenn ich mal einen

Mann interessant finde, ist der schwul oder hat seine eigene Agenda. Einem plötzlichen Gedanken folgend nahm Cara noch einmal das Telefon von Vadim und schaute in das Verzeichnis ›letzte Anrufe‹. Die Nummer mit den vielen Nullen sprang ihr gleich in die Augen. Wäre dieses Rätsel gelöst. Vadim hatte Ruslan informiert.

Man hörte ein Auto die Straße hinauffahren und vor der Hütte halten. Der Mann gab Anweisungen an seine Frau und die Kinder. Sie gingen ins Nebenzimmer, der Junge nahm auch die Waffe mit. Es klopfte an der Tür – sie hörte die Stimme von Mike in nahezu akzentfreiem Russisch, er schien die Vorsicht der Bergbewohner zu kennen. »Wir sind gekommen, um den Verletzten zu helfen. Wir sind zu zweit. Bitte öffnen Sie.« Der Hirte öffnete die Tür einen Spalt breit und begutachtete die beiden Männer, ließ sie dann ins Haus und schaute sich noch weiter draußen um. Mike war sofort zu Cara geeilt und umarmte sie. Cara war zunächst überrascht. Es fühlte sich aber gar nicht so schlecht an. Mike schaute sie dann prüfend an: »Bist du o.k.? Unverletzt?«

Cara hatte sich immer noch kein abschließendes Urteil über Mike gebildet – Geheimdienstler, Verschwörer oder einfach nur netter Mensch? »Ja, mir ist nichts passiert. Ich war nicht im Auto. Ich möchte nur, dass es Tamara wieder gut geht und der ganze Alptraum bald aufhört.« Sie schaute zu Tamara. Der Arzt untersuchte sie eingehend. Mike stellte ihn vor: »Das ist Miguel – Miguel – Cara.« Miguel blickte nur kurz auf und stellte sofort in professionellem Ton ein paar Fragen zum Unfall. Cara antwortete entsprechend sachlich kurz und sagte, dass der Hirte bereits die erste Versorgung der Verletzten übernommen hatte. Miguel blickte sich zum Hirten um und sagte mit starkem französischem Akzent auf Russisch: »Das haben Sie sehr gut gemacht. Den gebrochenen Arm hätte ich nicht besser schienen können.« Zu allen sagte er: »Der Puls ist stabil, die Ohnmacht wohl auf eine Gehirnerschütterung zurückzuführen. Sie hat nur leichte Schnittwunden abbekommen. Aber um auszuschließen, dass sie innere Verletzungen hat, müssen wir sie mit in die Stadt nehmen. Wir haben dort von den ›Ärzten ohne Grenzen‹ eine mobile Klinik, wo wir sie eingehender untersuchen können.« – »Können wir darauf die Frau zum Auto bringen?«, fragte Mike, auf die Bahre deutend, auf der sie Tamara schon hergebracht hatten. Der Hirte nickte und packte gleich mit an. Miguel schaute sich Vadim an. »Gebrochene Rippen, gebrochener Arm, gebrochener Oberschenkel, sehr wahrscheinlich auch innere Verletzungen. Er muss sofort in die Klinik, hier kann ich nichts für ihn tun.« Vor der Hütte parkte ein alter sowjetischer Krankenwagen. »Den haben wir uns ausgeliehen«, grinste Mike, »der Deal war, dass wir ihn vollgetankt zurückbringen.« Cara wusste, dass die Krankenhäuser unter ständigem Geldmangel litten und daher oft nur wenig oder gar kein Benzin für die Rettungswagen hatten.

Cara kramte nach ihrem Geld – sie hatte sich angewöhnt, immer ausreichend Bargeld, verteilt auf verschiedene Taschen und Gürtel, bei sich zu haben. Jetzt konnte sie aber nicht allzu großzügig sein, da sie nicht wusste, wann sie wieder an Bargeld kommen würde. Sie gab dem Hirten 50 Euro. »Ich danke Ihnen vielmals, Sie wissen gar nicht, wie sehr!! Das ist nur eine erste kleine Geste, ich werde wiederkommen, um mich richtig bei Ihnen zu bedanken. Auf Wiedersehen.« Der Hirte steckte den Geldschein ein, tippte mit der rechten Hand kurz Richtung Herz und verneigte sich leicht. »Das war doch gar nichts. Möge Gott Ihnen weiterhelfen.« Und er machte sich eilig wieder zurück in sein Haus, sichtlich erleichtert, die Ausländer wieder los zu sein.

10. Kapitel:
Die Residenz des Präsidenten

Mike saß am Steuer des Krankenwagen und manövrierte ihn vorsichtig den holprigen Weg hinunter. Miguel war hinten bei Tamara. Cara hatte sich zu Mike nach vorne gesetzt. Sie wollte nun seine Geschichte hören. »Können wir reden?«, fragte Cara, zum abgetrennten Patientenraum und Miguel hin deutend. »Bei dem Krach versteht man da hinten kein Wort«, lachte Mike, die Stimme anhebend, um selbst das laute Motorengeräusch übertönen zu können. Dennoch sprach er gerade so laut, dass Cara ihn knapp verstehen konnte. Sie versuchte ähnlich laut/leise zu sprechen. »Mike, warum hast du nach Ruslan gefragt?«

»Cara, Ruslan ist ein gefährlicher Mensch, der einigen Dreck am Stecken hat. Seinetwegen sind in Tschechenien viele Menschen gestorben. Ich beobachte ihn schon eine Weile, weiß aber noch nicht so recht, was ihn eigentlich nach Tadschikistan treibt.« Cara sah ihn prüfend an: »Aha, du bist also doch nicht einfach nur so ein Enthusiast, der durch die Welt reist und sich gerade für die Arbeit des Agha-Khan-Netzes begeistert.«

»Na, also James Bond bin ich nun auch nicht. Ich will aber ganz ehrlich sein. Vor einiger Zeit hat mich ein ehemaliger Kommilitone aus Berkely angesprochen. Er hat eine Karriere im öffentlichen Dienst gemacht und sagte, dass er nun beim Verteidigungsministerium arbeitet. Wie du dir denken kannst, wollte er mich für den Geheimdienst rekrutieren. Ich hatte natürlich keine Lust auf so eine James-Bond-Nummer und schon recht nicht, um meine Arbeitgeber auszuspionieren. Aber er meinte, dass es gar nicht um eine Lizenz zum Töten ginge, vielmehr sei es so, dass die Leute in Washington oft einfach keine Ahnung haben, wie es in einem Land wirklich aussieht und sie deshalb einfach gerne Leute haben, die sie bei Bedarf ansprechen können, oder die regelmäßig Reports über die Ereignisse im Land schreiben. Ich bräuchte dabei niemanden auszuspionieren, sondern einfach nur berichten, was eh jedem offensichtlich ist, der in dem Land ist.«

»Aha, so harmlos also. Aber du kannst mir doch nicht erzählen, dass der Dienst nicht auch Sonderaufträge für dich hat, wenn er meint, dass du sie erfüllen kannst. Und mir nichts, dir nichts bist du drin in dem ganzen Räuber-und-Weltgendarm-Spiel.«

»Cara, du magst mich für einen idealistischen Idioten oder Lügner halten, aber es ist wirklich so, dass man so auch wirklich Schaden vermeiden kann. Erinnere dich an das Versagen der Geheimdienste im Irak, was auch zu diesem hirnverbrannten Krieg geführt hat. Die Leute in Washington haben oft wirklich keinen Plan, was in entfernten Ländern abgeht. Und insbesondere wenn es um sogenannte ›Islamisten‹ geht, schießt das Adrenalin und Testosteron bei diesen Jungs echt hoch.« – »Aha, und du sorgst dafür, künftige ›Irakkriege‹ zu verhindern«, sagte Cara spöttisch. Mike schwieg zunächst, sichtlich verletzt.

Dann holte er tief Luft: »Cara, ich war in Usbekistan, als es zu dem Aufstand in Adischan kam. Du weißt, dass Usbekistan ein Verbündeter der Amerikaner im sogenannten ›Krieg gegen den Terror‹ gewesen ist. Die Amerikaner unterhielten einen militärischen Stützpunkt, wussten dennoch erstaunlich wenig über die Vorgänge im Land.

Wie viel weißt du über den Aufstand in Adischan, Cara?« – »Eine Gruppe von Menschen hatte mehr Demokratie im Land gefordert. Da es in vielen ehemals kommunistischen Ländern friedliche Revolutionen im Sinne eines durch Demonstrationen herbeigeführten Regierungswechsels gegeben hatte, in Georgien, der Ukraine, zuletzt auch im benachbarten Kirgistan, hatte man in der westlichen Presse zunächst an eine ähnliche friedliche Revolution geglaubt. Anscheinend war es aber etwas anderes – eine Gruppe von Menschen hat in Adischan für mehr Demokratie demonstriert und die Demonstrationen wurden blutig niedergeschlagen. Der Präsident hingegen hatte versucht, dies international als Kampf gegen der Terror darzustellen und hat die Demonstranten als islamistische Fundamentalisten bezeichnet. Die Weltöffentlichkeit – sofern sich überhaupt jemand für die Geschehnisse in diesem fernen Land interessiert hat – hat aber eher die Parallele zu den friedlichen Revolutionen gesehen, als eine Verbindung zu Fundamentalisten.«

»Genau«, stimmte er bitter zu. »Aber die Menschen im Fergana Tal sind islamisch und es gibt auch terroristisch operierende Gruppen wie die ›Islamic Movement of Uzbekistan‹ oder die bislang allerdings noch nicht terroristisch auftretende Hizb ut-Tahrir, die alle Islamisten in einem Gottesstaat vereinen wollen. Außerdem – du hast es gesagt –, die Welt schaut nicht gerade nach Usbekistan, erst recht nicht ins Fergana Tal. Wer also bestimmt die Meinung? Ging es hier um einen Kampf gegen Islamisten oder eine blutige Unterdrückung von Menschenrechten? Sobald auf einer Seite Islamisten involviert sind, tendieren die nicht islamischen Länder dazu, sich auf die andere Seite stellen zu wollen.«

Cara wurde ungeduldig, sie waren schon auf der Hauptstraße nach Duschanbe und sie wusste immer noch nicht, ob sie Mike trauen konnte und wie sie nun mit den Informationen über Ruslan umgehen sollte. »Cara, wo es wenig Informationen gibt, können die, die Informationen haben, einen mächtigen Unterschied machen. Schau: Die Weltöffentlichkeit hat die Ereignisse in Adischan in Verbindung mit den friedlichen Revolutionen in Osteuropa gebracht – ›the fight for freedom‹, wie unser Präsident sagt, und nicht als Unruhe von Islamisten. Und so ist es richtig. Tatsächlich waren es in erster Linie Geschäftsleute, denen Korruption und Willkür der Machthaber in Taschkent reichten und die keine andere Chance für die Weiterentwicklung in ihrem Land sahen, als auf die Straße zu gehen. Sie wurden einfach niedergeschossen, obwohl sie friedlich für uns selbstverständliche Freiheiten demonstrierten.«

»Und was hast du damit zu tun?«, fragte Cara. »Ich war da. Ich arbeitete für ein Agha-Khan-Projekt und war in Adischan. Ich kannte viele von denen, die auf die Straße gegangen waren.« Nach einer Pause fügte er hinzu: »Zwei gute Freunde von mir sind von den Sicherheitskräften erschossen worden.« Cara schaute Mike prüfend an – die Geschichte schien authentisch zu sein. »Ich habe damals einige Reports nach Washington geschickt und konnte auch vor hochrangigen Mitarbeitern über Usbekistan berichten«, Mike lachte, »außerdem habe ich einige Freunde dabei unterstützt, glaubwürdige Blogs ins Internet zu stellen und so die internationale Presse davon zu überzeugen, dass eine Riesenschweinerei passiert ist.«

Cara stimmte zu: »Wer weiß schon, was den Ausschlag gegeben hat, aber die westliche Welt, insbesondere Amerika, hat das Vorgehen verurteilt und die USA mussten ihre Militärbasis in Usbekistan verlassen«, erinnerte sich Cara. »Ja, nur die Deutschen sind noch da. Sie haben einen kleinen Stützpunkt an der Grenze zu Afghanistan, um von dort aus die Truppen in Afghanistan zu versorgen.« Cara ging auf diese Bemerkung nicht weiter ein. Sie hatte erst neulich noch über die Präsenz der Deutschen gelesen. Alle anderen Ausländer, die sich zu sehr gegen das Gemetzel in Adischan ausgesprochen hatten, waren des Landes verwiesen worden. Usbeken, auch in höheren Rängen, die mit den Ausländern zu tun gehabt hatten, wurden degradiert oder sogar unter fadenscheinigen Begründungen ins Gefängnis gesteckt. Die Deutschen ignorieren dies, solange sie auf die Basis in Usbekistan für ihren Einsatz in Afghanistan angewiesen sind.

Mike und Cara fuhren eine Weile schweigend weiter. Sie fuhren gerade am Haus des Präsidenten vorbei, das Flussufer vor der Villa war mit Scheinwerfern hell erleuchtet. Cara versuchte nachzudenken. Die Ruslan-Leute wollen mich umbringen – sonst hätten sie die Aktion mit dem Auto nicht gemacht. Dass ich nicht im Wagen gewesen bin, war reiner Zufall und Glück – Ruslan wurde bestimmt gemeldet, dass ich auch beseitigt worden bin. Wenn Mike irgendwie mit Ruslan unter einer Decke stecken sollte, hätte er mich gleich umbringen und in den Bergen entsorgen können. Für die Botschaft hätte es dann in der Tat nach einem Autounfall oder sonstigem Unglück ausgesehen. Je näher wir Duschanbe kommen, umso schwieriger wird es. Außerdem sagt mir mein Bauch, dass Mike o.k. ist. Sie schaute Mike von der Seite an. Er schien dies aber nicht zu bemerken, sondern schaute konzentriert auf die unbeleuchtete Straße, auf der jederzeit geparkte Autos oder langsame Eselskarren auftauchen konnten. Und wenn Mike wirklich für den CIA arbeitet – seine Beschreibung als eher unspektakulärer Informant denn als James Bond klang gar nicht so unglaubwürdig. Cara fühlte sich unglaublich müde und angeschlagen. Das Adrenalin schien langsam abgebaut zu sein.

»Oh, shit«, rief Mike aus und hielt an. Dann sah auch Cara es: An der Residenz des Präsidenten bewegten sich Silhouetten über das Gebäude. Schwarzgekleidete Männer kletterten in großer Geschwindigkeit und Präzision an dem Gebäude auf das Dach. »Shit, duck dich, Cara«, schrie Mike und zog sie zu sich runter. Die Scheiben des Krankenwagens zerschmetterten. Cara blickte durch das Loch der Fahrertür und sah Männer in der Böschung am Wegrand, einer hielt ein Gewehr auf sie gerichtet. Ein anderer machte hektische, winkende Bewegung in ihre Richtung. »Gib Gas, Mike, fahr, schnell!« Mike blickte kurz zum Fenster, während er Gas gab. Sie fuhren davon. »Was war denn da los?« Miguel steckte seinen Kopf durch das kleine Fenster vom Patientenraum. »Man hat auf uns geschossen«, sagte Mike. »Ja, aber umbringen wollten die uns nicht, nur vertreiben«, sagte Cara. »Vielleicht wollten sie ihre Munition nicht an uns vergeuden. Mike! Die Figuren am Gebäude, der Sniper auf der anderen Seite: Hier findet ein Anschlag auf den Präsidenten statt!« – »Cara, wenn du etwas weißt, was damit zusammenhängt, dann ist jetzt der Zeitpunkt, es zu sagen«, presste Mike hervor.

Damit brach Cara ihre mühsamen Überlegungen zur Frage Mike trauen oder nicht trauen ab. Sie erzählte, was sie am Telefon gehört hatte.

»Ein Umsturz, na prima, Mike«, rief Miguel von hinten. »Das war definitiv das letzte Mal, dass ich mit dir im gleichen Land arbeite.« Sie hatten mittlerweile einen guten Abstand zur Residenz des Präsidenten hinter sich gelassen. Mike hielt an. »Cara, fahr du weiter. Ich muss telefonieren.« Sie wechselten die Plätze, Cara erkannte das Telefon von Mike als Thuraya-Satellitentelefon. Klar, dachte sie sich, ist um einiges sicherer, als mit einem tadschikischen Netz zu telefonieren. Mike hatte anscheinend sofort seinen Gesprächspartner am Telefon. Er schilderte, was sie gerade an der Residenz des Präsidenten beobachtet hatten und was er von Cara erfahren hatte. Dann sagte er: »Nein, wir haben keine Informationen, wer hinter den Vorgängen steht. Ruslan ist ein Geschäftsmann, der für jede mögliche Gruppierung arbeiten könnte, wenn für ihn entsprechend Geld dabei herausspringt. Es gibt eine Reihe von Kandidaten, die einen Umsturz wünschen, aber innerhalb Tadschikistan konnten wir niemanden ausmachen, der auch nur annähernd über die Ressourcen für einen Staatsstreich verfügen könnte. Ich würde empfehlen, die jüngsten

Kontakte von Ruslan Mamadjanov zu überprüfen, insbesondere was Beziehungen in den Iran angeht. Ebenso sollte überprüft werden, ob die Führer von ›Islamic Movement of Uzbekistan‹ und Hizb ut-Tahrir Auslandskontakte hatten. Auch sollte geklärt werden, welche Reisen von Iranern und bekannten Mittelsleuten es in jüngster Zeit in die Region gegeben hat. Mein Bauch sagt mir, dass es sich hier um eine pseudogrüne Revolution mit massiver ausländischer Unterstützung handelt. – Nein, Sir, Beweise habe ich hierfür noch keine.« Dann hörte Mike seinem Gesprächspartner eine Weile zu, er schaute dabei auch kurz zu Cara hinüber. »Habe verstanden, Sir«, sagte Mike schließlich und legte auf.

»Mike, was machen wir jetzt? Und was für eine pseudogrüne Revolution glaubst du, ist hier im Gang?« Mike schwieg eine Weile. »Mike? Du musst mich durch die Stadt navigieren, ich kenne mich hier nicht aus!!«, machte Cara nach einer Weile einen zweiten Anlauf. »Cara, es wird auch in der Stadt zu Auseinandersetzungen kommen. Wir fahren zuerst ins Krankenhaus. Dann fahre ich dich in die amerikanische Botschaft. Dort bist du sicher.«

»Was die grüne Revolution angeht. Also, du weißt sicherlich, dass es in Tadschikistan jede Menge islamistischer Kräfte gibt. In der jetzigen Regierung sind die ehemaligen Bürgerkriegsparteien geeint. Das Land hat eine demokratische Verfassung. Es gibt aber einzelne Gruppierungen, die weiterhin eine islamische Regierung haben wollen. Die Gruppierungen sind aber klein und unbedeutend und wenn man genauer hinschaut, sind die Interessen auch eher lokal und eigentlich geht es auch in erster Linie um mehr Macht für die eigenen Leute, als dass es um Ideen oder Religion ginge. Der Präsident hält ein sehr ausgeklügeltes System von Loyalitäten und potentielle Opposition findet so wenig Unterstützung bei exponierten Leuten. Die Bevölkerung ist apolitisch, keiner will einen neuen Bürgerkrieg und Religion wird hier moderat und im Privaten gelebt. Es gibt hier keine ›Madrassas‹, also Schulen, in denen Kinder von klein auf zu radikalen Fundamentalisten herangezogen werden. Auch wenn die Menschen hier wenig Perspektiven haben, würden sie doch trotzdem nicht auf die Straße gehen. Es fehlt ihnen auch hier die Perspektive, wer etwas besser machen könnte.«

»Also sind die Dinge hier von außen gesteuert? Warum glaubst, dass es der Iran ist, der hier die Fäden zieht?«, fragte Cara. »Das ist doch naheliegend, oder? Iran und Tadschikistan sind sich kulturell sehr nah. Die Sprache ist nahezu die gleiche.« Cara kam eine Idee. »Die Blütezeit des Islams, als Europa in einem finsteren Mittelalter versank, aber islamische Gelehrte die Wissenschaft weiterentwickelten. Während die katholische Welt die Wissenschaft erstickte, entwickelte sie sich in der islamischen Welt weiter. Und die islamische Welt war hier, in Zentralasien. In Samarkand, in Buchara mit großen Gelehrten wie Omar Khayyam, von dem selbst ich schon gelesen habe. Vielleicht gibt es Kräfte, die diese Welt wiederentstehen lassen wollen, um eine Gegenwelt zum dekadenten Westen zu entwickeln. Tadschikistan könnte der Testballon sein, dann Usbekistan.«

»Ja, genau mit diesen Träumen von der glorifizierten Zeit islamischer Hochkultur könnte man jede Menge Anhänger gewinnen. Aber ich fürchte, hier geht es nicht um Schöngeisterei, sondern um handfeste Gegenmacht zu Amerika. Und dazu sind Tadschikistan und Usbekistan nun wirklich nicht allzu bedeutsam. Ich glaube auch, dass hier eine grüne Revolution getestet wird. Aber nicht für Zentralasien, sondern für Pakistan.« – »Pakistan! Der Verbündete der Amerikaner im Kampf gegen die Taliban in Afghanistan, ein Land mit Atomraketen!!!« – »Genau«, sagte Mike mit finsterem Gesichtsausdruck.

11. Kapitel: Grüne Revolution

Cara war ganz benommen, ihre Gedanken kreisten. Grüne Revolutionen, ein Auferstehen eines islamischen Großreichs in Zentralasien, pakistanische Atomraketen in der Macht der Gotteskrieger … und das alles soll hier beginnen? Hier und jetzt?

Sie kamen zum Krankenhaus. Bis hierhin war alles auf den Straßen ruhig gewesen. Miguel weckte ein paar eingeschlafene Sanitäter vom Notdienst. Gemeinsam holten sie die Verletzten aus dem Auto. Ein Arzt kam, Miguel stellte ihn vor: »Das ist Sergej, der beste Arzt Tadschikistans. Wenn einer den armen Mann wieder zusammenflicken kann, dann er. Bei Tamara bin ich zuversichtlich – selbst die raue Fahrt mit dem Krankenwagen hat ihr nichts ausgemacht. Ihr Puls ist stabil, aber wir werden sie hier noch mal gründlich durchchecken. Cara, Sie können hier nicht helfen und gehen besser mit Mike.« Miguel nickte den beiden bedeutungsvoll zu. Cara legte vorsichtig die Hand auf Tamaras Kopf: »Tamara, es wird alles gut. Sie sind hier in den besten Händen. Ich komme, sobald möglich, um nach Ihnen zu sehen.« Mike wandte sich an Miguel: »Alter Freund, kann ich mir dein Auto borgen?« Man sah Miguel seine Überwindung an, als er Mike die Schlüssel seines UAZ, des unverwüstlichen sowjetischen Jeeps usbekischer Produktion, gab.

»Sollen wir den direkten Weg über den Rudaki wagen?«, fragte Mike. Die meisten Regierungsgebäude – und damit potentielle Ziele für Aufständische – befinden sich an der Hauptstraße. »Sag mal, Mike, was wollen grüne Revolutionäre denn nachts vor leeren Regierungsgebäuden?« – »Ach, das mit der grünen Revolution, wenn ich denn Recht habe, wäre doch eh nur Propaganda. Natürlich ist das ein Coup. Alle wichtigen Leute werden nachts aus ihren Betten geholt, Radio und Fernsehsender werden besetzt, vielleicht kappt man auch noch sämtliche Telekommunikation. Für die nächsten Tage organisiert man einen kleinen Mob, der medienwirksam demonstriert. In der Zwischenzeit organisiert man eine neue Regierung, die vom Volk gefeiert wird.« Cara erinnerte sich an Ruslans Versuche, mit dem Minister für Telekommunikation in Verbindung zu treten. Ein Wiedererstarken der tadschikischen Kultur, eine neue Ordnung mit mehr Disziplin würde dem Minister gefallen. Mit dem Minister als Verbündeten könnte zudem die Telekommunikation kontrolliert werden. »Aber das alles ist doch hoffnungslos naiv!«, wischte Cara ihre eigenen Gedanken beiseite. »Eine neue Regierung zu etablieren ist eine Riesenaufgabe. Bei der Vielzahl von Interessen und regional starken ›Fürsten‹ mit ihrer eigenen Agenda ist es entscheidend, diese im Griff zu haben. Das haben wir doch im Irak und in Afghanistan gesehen, wo es der Zentralregierung bis heute nicht gelungen ist. Aber selbst wenn das gelänge, weil Iran oder sonst wer großzügig Geld fließen lässt: da gibt es noch Russland. In Russland betrachtet man Tadschikistan als ehemalige Republik der Sowjetunion doch eh noch als ›unser‹.« Mike nickte. »Eine islamische Republik quasi im Hinterhof würden die Russen nie zulassen. Nicht zuletzt, weil Russland doch seinen eigenen sogenannten ›Krieg gegen den Terror‹ in Tschechenien führt und hier neue Keimzellen befürchtet.

Cara wurde klar, dass das sicherlich auch die amerikanische Sicht der Dinge ist. Die Amerikaner würden nicht hinnehmen, wenn irgendwo Islamisten an die Macht kämen. Russland würde hier die schmutzige Arbeit machen und alles daransetzen, eine neue islamische Regierung zu stürzen. Islamische Staaten würden die islamischen Gruppen unterstützen. Ein neuer Bürgerkrieg ist vorprogrammiert. Ohne ein Einverständnis der Großmächte kann es keine neue Regierung geben, ein Coup im Alleingang ist zum Scheitern verurteilt. »Mike, gibt es eine Möglichkeit, dass Russland oder die USA einen Coup und eine islamische Regierung in Tadschikistan billigen könnten? Vielleicht sehen wir hier nicht das große Bild – vielleicht gibt es irgendeinen Deal der Großmächte. So etwas wie – die westlichen Großmächte billigen eine neue Regierung in Tadschikistan, dafür ist der Iran bereit, auf sein Atomprogramm zu verzichten.« Cara sah Mike an, dass sein erster Gedanke »was für ein Schwachsinn« war, er dann aber kurz ernsthaft darüber nachdachte. »Nein, bestimmt nicht. Wenn der Iran wirklich ein sehr großes Interesse an einem islamischen Tadschikistan hätte, hätten wir das mitbekommen. Tatsächlich ist aber auch für den Iran Tadschikistan eher unbedeutend. Nein, das macht hinten und vorne keinen Sinn. Auch die iranische Regierung könnte es nur schwer ihrer Bevölkerung vermitteln. Auch die Amerikaner würden sich nicht darauf einlassen – zu unberechenbar wäre das alles. Nein, so etwas zeichnet sich vorher ab. Ich glaube eher, dass es sich hier um einen schlecht vorbereiteten Coup handelt und die Unterstützung des Iran nur von Einzelpersonen ausgeht.«

Sie waren schon eine Weile auf dem Rudaki unterwegs. Es war bislang nichts Außergewöhnliches zu sehen. Sie fuhren an der monumentalen, ganz aus Silber und Gold gegossenen übergroßen Statue von Somon, dem tadschikischen »Vater der Nation«, vorbei. Gegenüber war das Telekommunikationsministerium. Cara bemerkte, dass in den Räumen des Ministers noch Licht brannte.

»Mike, wir müssen etwas tun, um den Schaden gering zu halten. Ich habe eine Idee. Bieg doch hier bitte ab und halte hier am Hintereingang zum Telekommunikationsministerium.« Mike war überrascht, tat aber, was Cara sagte. »Ich werde zum Minister gehen. Er ist im Prinzip ein vernünftiger Mensch. Er kann die Pläne der Coupler vereiteln.« – »Du bist verrückt. Was, wenn er mit Ruslan unter einer Decke steckt? Hast du schon vergessen, dass sie dich umbringen wollen?« – »Borg mir dein Thuraya-Telefon. Ich werde ihm sagen, dass ich über das Telefon bereits die deutsche Botschaft und das Auswärtige Amt in Deutschland angerufen habe und sie über alles Bescheid wissen. Wenn mir etwas passiert, wird man das zu ihm zurückverfolgen können. Wenn ich mich in einer Stunde nicht wieder melde, ebenso. Mike, mein Gefühl sagt mir, dass dem Minister windige Ruslan-Touren zuwider sind. Außerdem ist er ein Vertrauter des Präsidenten – ein hinterhältiger Coup – ich weiß nicht, aber irgendwie passt das alles nicht. Und mit ihm könnten wir einen Coup vereiteln.« Cara erklärte ihm ihren Plan. »O.K., wenn wir eine Chance haben, dann diese. Aber ich komme mit. Keine Diskussion – ohne mich bekommst du mein Thuraya-Telefon nicht«, sagte Mike und lachte.

Es gab am hinteren Teil des Ministeriums eine Einfahrt für die Autos, die zum Ministerium gehörten. Die Einfahrt war immer durch ein schweres Eisentor verschlossen und ließ sich nur manuell öffnen. Ein Wächter saß daher Tag und Nacht in einem kleinen Wächterhäuschen und machte autorisierten Leuten das Tor auf. Fußgänger konnten nur durch ein eisernes Drehkreuz, das direkt neben der Wächterkabine angebracht war, das Gelände passieren. Cara und Mike näherten sich leise. Der Wächter lag mit dem Kopf auf dem Tisch und schnarchte laut. Cara gab Mike ein Zeichen. Leise sollten sie durch das Drehkreuz gehen. Bei der ersten Bewegung quietschte es laut auf, der Wächter hörte auf, zu schnarchen. Caras Herz schlug heftig. Cara und Mike blieben regungslos stehen. Der Wächter grunzte, fing dann wieder zu schlafen an. Mike begann, über das Drehkreuz zu klettern. Es gelang ihm lautlos. Cara folgte auf dem gleichen Weg. Obwohl sie hin und wieder ein Geräusch verursachte, schaffte sie es, hinüberzuklettern, ohne den Wächter aufzuwecken. Erleichtert wollte sie zu Mike rennen, der schon im Innenhof angekommen war, stieß dabei aber mit dem Fuß einen Stein gegen das Wächterhäuschen. Es gab ein lautes »Klong«. Cara duckte sich und verharrte auf allen vieren. Diesmal wachte der Wächter auf. Mike bedeutete Cara, leise auf allen vieren an dem Wächterhäuschen vorbeizurobben. Sie tat es. Mike packte sie an der Hand und zog sie in eine dunkle Ecke. Der Wächter rief schlaftrunken: »Wachtan, bist du das?« Er kam aus seinem Häuschen, streckte sich, zündete sich eine Zigarette an, schien aber nicht weiter beunruhigt, sondern betrachtete den Himmel. Mike und Cara standen regungslos, Cara traute sich kaum, zu atmen. Dann ging der Wächter wieder in sein Häuschen.

Der Innenhof führte zu mehreren Gebäuden und es gab mehrere Zugänge zum Gebäude des Ministeriums. Cara versuchte, sich in der Dunkelheit zu orientieren. Sie sah schwach die Umrisse der geparkten Limousine vom Minister. Ja, dort musste auch der Hintereingang sein. Sie zeigte Mike die Richtung. Langsam gingen sie zum Gebäude. Cara sah, dass der Fahrer des Ministers im Auto war, aber schlief. Die Tür zum Ministerium war zum Glück unverschlossen. Im Gebäude brannte auf dem Korridor Licht. Sie gelangten zum Vorzimmer des Ministers. Cara holte tief Luft, schaute zu Mike rüber, klopfte dann an und öffnete beherzt die Tür.

12. Kapitel:
Unterredung mit dem Minister

Entschuldigen Sie die späte Störung, aber außergewöhnliche Umstände erfordern außergewöhnliche Maßnahmen. Herr Minister, wir müssen mit Ihnen reden.« Der Minister schaute verärgert zu den Eindringlingen. »Bezüglich der Frequenzen ist alles gesagt. Verschonen Sie mich vor weiteren Angeboten«, sagte er gequält. Ein hysterisches Lachen wollte in Cara aufsteigen – anscheinend hatte der Minister wirklich keine Ahnung, dass sie, wenn es nach Ruslan ginge, jetzt zerschmettert auf einer Straße im Gebirge liegen müsste. Oder aber, er war ein guter Schauspieler. »Zum Teufel mit den Frequenzen«, brach sie hervor. Der Minister schaute überrascht. Er schien auch erst jetzt zu realisieren, in welchem Zustand Cara war: ihre Kleidung schmutzig und zerrissen, Gesicht, Hände und Haare voller Dreck. »Man hat versucht, mich umzubringen, oben in den Bergen. Tamara Grigoriewna und ihr Fahrer sind lebensgefährlich verletzt. Dahinter steckt Ruslan Akilowich Mamadjanov: Er ist involviert, einen Staatsstreich zu organisieren – durch einen Zufall habe ich davon etwas mitbekommen.«

Das Gesicht des Ministers war regungslos. »Herr Minister, Mamadjanovs Initiative ging nach hinten los. Ich habe zuständige Instanzen im deutschen Auswärtigen Amt informiert, mein amerikanischer Freund hier hat amerikanische Behörden informiert«, sie wedelte mit dem Thuraya-Satellitentelefon herum. Der Minister schaute nun auch Mike prüfend an, wandte sich dann an Cara: »Cara, es tut mir leid. Offenbar ist Ihnen etwas Schlimmes passiert. Was Sie aber sagen, kling sehr verworren. Was für ein Staatsstreich?«

Cara trat einen Schritt näher auf den Minister zu. »Der Staatsstreich hat bereits begonnen. Wir sind an der Wohnung des Präsidenten vorbeigekommen. Eine Hundertschaft von gut trainierten Männern war dabei, das Gebäude einzunehmen.« Der Minister trat ein paar Schritte zurück, das Gesicht ungläubig. Mike ergriff nun das Wort: »Herr Minister, dieser Coup kann nicht gelingen. Das Land wird in einen neuen blutigen Bürgerkrieg versinken, rivalisierende Gruppen werden instrumentalisiert durch Interessen ausländischer Mächte. Russland, ebenso die USA werden eine islamistische, durch den Iran unterstützte Regierung nicht dulden. Machmut Rustamovich, Sie können diese Entwicklung noch verhindern.«

Der Minister schien einen Entschluss gefasst zu haben. »Kommen Sie, lassen Sie uns woanders weiterreden.« Er packte ein paar Unterlagen in eine Tasche und ging auf die Tür zu. Mike sah Cara fragend an. Cara deutete auf die Wände und raunte ihm zu: »Wanzen?« Mike nickte. Der Minister führte sie die Treppen runter, wieder in den dunklen Innenhof, in eine Ecke in der Nähe seines Autos. Der Fahrer war nicht mehr in Auto. »Hören Sie«, begann der Minister, »mit Machenschaften von Typen wie Ruslan Mamajanov habe ich nichts zu tun. Mamajanov kam gestern zu mir und deutete an, dass es bald eine neue, nicht mehr korrupte, islamische Ordnung im Land und in ganz Zentralasien geben könnte und dass man dafür aufrechte Männer wie mich bräuchte. Ich habe ihn weggeschickt. Mit Männern wie Mamajanov rede ich nicht über eine neue Ordnung.« Cara konnte in der Dunkelheit nicht in seinem Gesicht lesen, aber irgendwie glaubte sie ihm. Mike begann zu sprechen: »Es ist wahrscheinlich, dass die Umstürzler den Rundfunk und die Telekommunikation kontrollieren wollen. Denkbar, dass sie dafür versuchen, Sie unter Druck zu setzen, um entsprechend Telefonie und Internetverkehre über tadschikische Netze für ein paar Tage außer Gang zu setzen. Denkbar, dass, wenn Sie nicht kooperieren, man droht, Ihrer Familie etwas anzutun. Sie sollten Ihre Familie in Sicherheit bringen und Kontakt mit denen aufnehmen, die in der Lage sind, die Abschaltung von Netzen anzuordnen bzw. entsprechende Orte schützen.«

In diesem Moment hörten sie einen Schuss aus der Richtung des Wächterhäuschens, dann noch einen. Mike zischte: »Schnell, wir müssen uns verstecken«, und deutete auf eine dunkle Ecke. Sie sahen drei dunkle Gestalten, die vom Wächterhäuschen auf das Gebäude zueilten. Sie liefen an ihnen vorbei zum Hintereingang, verschwanden im Gebäude. »Schnell«, sagte Mike, »machen wir uns davon.« Sie näherten sich vorsichtig dem Wächterhäuschen. In dem Häuschen sahen sie zwei Körper auf dem Boden liegen – der Wärter und Wachtan, der Fahrer des Ministers. Der Minister rannte schnell ins Häuschen und sah nach ihnen. »Beide tot, exakte Treffer, diese Leute verstehen ihren Job«, sagte er bitter. Sie gingen auf die Straße, die Straße war leer. »Wir haben ein Auto hier«, sagte Cara zum Minister, auf den Jeep deutend. Sie stiegen ein, Mike fuhr los. »Wohin fahren wir?«, fragte Cara in die Runde. Der Minister antwortete: »Zum Präsidenten.«

13. Kapitel: Der Präsident

Der Minister gab Mike Anweisungen zu einer Adresse am Rande von Duschanbe, dann öffnete er seine Tasche und nahm sein eigenes Thuraya-Handy heraus und wählte eine Nummer. »Drei Männer sind durch den Hof auf den Weg in mein Büro. Es sind Profis. Der Wächter und Wachtan sind tot.« Er legte auf und wählte eine weitere Nummer. »Imomali, bist du o.k.?« Er hörte eine Weile zu. »Ja, ich weiß. In meinem Büro auch. Boris kümmert sich um sie. Ich bin mit zwei Ausländern auf dem Weg zu dir. Sie haben den Überfall auf dein Anwesen gesehen, wissen von Mamajanovs Rolle und haben schon ihre Dienste verständigt.« Cara sah Mike an – tatsächlich der Präsident??

Der Minister wandte sich nun ihnen zu: »Nachdem Mamajanov bei mir gewesen war, habe ich den Präsidenten verständigt. Er hatte schon seit längerem einen Coup befürchtet und wir haben Vorkehrungen getroffen. In der Residenz des Präsidenten ist nur die Leibgarde des Präsidenten. Die haben die Eindringlinge überwältigt. Alle wichtigen Vertrauten des Präsidenten werden durch die Leibgarde bewacht und überwacht. Heute zeigt sich, wer für und wer gegen den Präsidenten ist. Nur bei mir hat der Personenschutz versagt.«

Sie kamen zu einem unscheinbaren Tor am Ende einer Seitenstraße. Das Tor wurde geöffnet und sie fuhren in einen geräumigen Innenhof, vor eine schöne Villa. Ein Mann öffnete ihnen, tastete jeden nach Waffen ab. Sie kamen in ein Wohnzimmer mit wuchtigen Ledersesseln und dicken persischen Teppichen. In einem Sessel saß der Präsident – so, wie er in jedem öffentlichen Gebäude auch von dem Poster hinabsah, nur in Freizeitkleidung und mit einer Brille. Vor ihm auf einem Glastisch lagen eine größere Anzahl von Handys verschiedenster Netze, dabei auch zwei Thuraya-Telefone.

»Kommen Sie, setzen Sie sich«, rief der Präsident Cara und Mike unwirsch zu. »Wer sind Sie und welche Rolle spielen Sie hier?« Der Minister übernahm es, Cara als Beraterin von Tajikmobile darzustellen. »Sie ist durch unsere Instanzen überprüft, nichts Auffälliges.« Mike stellte sich selbst vor – als Agha Khan Volunteer und Bekannten von Cara, den Cara um Hilfe gerufen hatte, als sie einen Unfall in den Bergen hatte. Cara berichtete nun, wie sie Ruslans Anruf mitgehört hatte – sie ließ bewusst Tamara hier aus –, von dem Attentat auf sie, Mikes Hilfe und was sie an der Residenz des Präsidenten gesehen hatten. Der Präsident fragte: »Was haben Sie wem im Ausland gesagt?« Mike sagte: »Ich habe eine Notfallnummer vom Auswärtigen Amt, die habe ich angerufen und von den Vorfällen an der Residenz des Präsidenten berichtet.«

Der Präsident schwieg eine Weile, dann sagte er: »Sie haben sich an den Minister gewandt, um einen Staatsstreich zu vereiteln. Dafür danke ich Ihnen.« Cara wagte eine Frage: »Herr Präsident, wie geht es nun weiter?« – »Nun, Frau Schumann. Das verrate ich Ihnen. Wir sind eine Demokratie und ich bin der demokratisch legitimierte Präsident. Der Coup richtet sich gegen die Verfassung unseres Landes und die Aufständischen werden sich vor Gericht behaupten müssen. Dank des

Telefonats, das Sie mitgehört haben, haben wir nun auch Beweise gegen Mamajanov in der Hand. Ich denke doch, dass wir einen Mitschnitt des Gesprächs bekommen können, oder Machmud?«, wandte er sich an den TK-Minister. »Ja, sicherlich.« – »Ferner werde ich mich mit unseren Partnern in der Shanghai Group beraten. Wie Sie wissen, gehörten hierzu neben den zentralasiatischen Gruppen auch der Iran. Wir müssen sicherstellen, dass solche Coups sich nicht auch in anderen Ländern der Gruppe wiederholen können.« Eines der Telefone vor ihm klingelte. »Und nun entschuldigen Sie mich bitte.«

Mike und Cara erhoben sich schnell. Der Minister führte sie in ein Nebenzimmer. Dort kam eine Frau auf den Minister zugeeilt. »Gott sei Dank, dir geht's gut«, sagte sie auf Russisch. Der Minister antwortete ihr auf Tadschikisch. Dann wandte er sich an Cara und Mike. »Darf ich vorstellen: Meine Frau. Ihre Schwester ist die Frau von Präsident Rachmon. Sie sehen, dass ich meine Familie in Sicherheit gebracht hatte. Nur den armen Wachtan habe ich nicht aus dem allen heraushalten können. Aber nun ist alles vorbei«, sagte er, zu seiner Frau gewandt.

»Wir werden ja hier nicht weiter benötigt. Cara hier muss todmüde sein. Können wir nach Hause fahren?«, fragte Mike. »Ja, wir können jetzt alle etwas Erholung gebrauchen. Aber meiden Sie in der nächsten Zeit noch die offenen Straßen, bis sich alles beruhigt hat, und fahren Sie auf direktem Weg nach Hause.«

Im Auto sah Cara Mike an. »Also, ehrlich gesagt würde ich jetzt ungern zu Meggy fahren, vielleicht haben Ruslans Leute noch nicht mitbekommen, dass ihr Spiel

verloren ist. Ich brauche Asyl, am besten mit einer Dusche« – sie sah Mike fragend an. – »Natürlich kommst
du mit zu mir!«

14. Kapitel: Wie es weiterging

Cara wachte vom frischen Kaffeeduft auf. Sie fühlte sich prächtig. Die Sonne schien schon wieder warm in das Zimmer. »Aha, Madame ist erwacht.« Mike kam mit einem Tablett mit Kaffee, frischen Brötchen und Rührei ins Zimmer. Beim Anblick von Mike wurde Cara etwas schummrig zumute. Als sie gestern Abend vom Präsidenten zurück in Mikes Wohnung kamen, hatten sie zunächst noch telefoniert. Während Mike über sein Satellitentelefon längere Gespräche mit Washington führte, rief Cara im Krankenhaus an, um sich nach Tamara zu erkundigen und Miguel auch die Nummer von Tamaras Familie zu geben. Sie erfuhr, dass Tamara schon wieder ihr Bewusstsein erlangt hatte. Ihre Familie war bei ihr. Außer einer Gehirnerschütterung, einem gebrochenen Arm und vielen Prellungen hatte sie auch keine weiteren Verletzungen davongetragen. Sie sollte aber noch einige Tage zur Beobachtung im Krankenhaus bleiben.

Der Fahrer schwebte noch in Lebensgefahr, er sei aber ein sehr zäher Bursche, der wohl schon einiges durchgemacht habe. Gut möglich, dass er auch diesen Unfall ohne größere Schäden hinter sich bringen könnte. Cara und Mike hatten sich dann noch etwas zu essen gemacht und eine Flasche Wein geöffnet. Cara erinnerte sich, dass ihr der Alkohol schnell zu Kopf gestiegen war. Sie hatten sich geküsst – daran konnte sich Cara noch erinnern. Aber wie war sie ins Bett gekommen? Die Erinnerung wollte einfach nicht wiederkommen. »Ähm, Mike, ich weiß, dass das jetzt blöd klingt, aber – ähm, haben wir?« Mike lachte. »Nein, du bist sehr schnell eingeschlafen – noch auf dem Sofa. Ich habe dich ins Bett rübergetragen und bin selbst fast im gleichen Moment eingeschlafen.« Cara versenkte ihren hochroten Kopf in die Kaffeetasse. »Es ist ein ruhiger Sonntag. Unten im türkischen Café, wo ich die Brötchen gekauft habe, herrscht ganz normaler Betrieb«, wechselte Mike schnell das Thema.

»Wahrscheinlich wird der Präsident im Verlauf des Tages eine Ansprache ans Volk halten, um ein klares Signal zu geben, dass der Coup gescheitert und die Lage wieder unter seiner Kontrolle ist, damit keine Panik aufgrund von Gerüchten entsteht«, sagte Cara, dankbar, sich wieder nüchternerer Themen annehmen zu können.

»Ja, und der Geheimdienst wird nicht zimperlich beim Verhör der Verhafteten sein. Es werden einige Köpfe rollen. Vielleicht nutzt unser Freund, der Präsident, den Coup ja auch, um sich einiger unbequemer Gegner zu entledigen«, sagte Mike düster. Cara ahnte, was Mike durch den Kopf ging. »Du meinst, dass er selbst das Ganze inszeniert hat? Um reinen Tisch zu machen und einen potentiellen tatsächlichen Coup gleich zu vereiteln?« Mike zuckte mit den Schultern. »Wer weiß das schon. Aber für die Welt wäre eine solche nationale Geschichte um einiges weniger beunruhigend als der Plan eines aus dem Iran kontrollierten großislamischen Reichs in Zentralasien.«

Mike schenkte Cara Kaffee nach. »Ich werde dem auf jeden Fall nicht weiter in Tadschikistan nachgehen können. Ich werde hier abgezogen. Es heißt, dass meine Tarnung hier in Gefahr sei. Außerdem soll ich mit dem nächsten Flieger das Land verlassen und in Washington Bericht erstatten.« Cara versuchte, sich keine Gefühle anmerken zu lassen. Sie hätte gerne noch mehr Zeit mit Mike verbracht. »Und nach Tadschikistan, was wird deine nächste Station sein?« – »Der Agha Khan hat eine große Universität in Lahore. Ich werde alles daransetzen, dorthin zu gehen.« – »Nach Pakistan also«, murmelte Cara.

Sie frühstückten noch gemeinsam zu Ende, dann verabschiedete sich Cara, um Tamara im Krankenhaus zu besuchen.

Tamara sah den Umständen entsprechend gut aus. Das Gesicht war arg zerkratzt, aber aus ihren Augen strahlte die pure Energie. »Rate mal, wer mich gerade besucht hat!« Cara fiel nicht ein, wer eine solche Euphorie hätte auslösen können. Die Familie war ja schon in der Nacht da gewesen. »Der Herr Minister. Er sagte, dass du ihm von dem Unfall berichtet hast. Er berichtete auch, dass es in der Nacht einen versuchten Coup gegeben hätte, der aber vereitelt worden sei. Ruslan habe mit den Verschwörern zusammengearbeitet. Er sei mittlerweile in Pakistan festgenommen worden.«

Cara war erleichtert über diese Nachricht. Sie berichtete Tamara von den Ereignissen der Nacht, wie sie sie auch dem Präsidenten berichtet hatte. Mikes CIA-Kontakte ließ sie aus. Tamara hörte mit Staunen zu. »Cara, das ist alles wirklich unglaublich. Aber ich habe auch noch nicht zu Ende erzählt. Der Minister sagte, dass man aufgrund Ruslans Rolle ernste Bedenken habe, dass eine strategisch wichtige Infrastruktur wie Mobilfunk in den Händen von Ausländern sei. Man wolle Tajikmobile nun in tadschikische Hände überführen. Eine Renationalisierung ginge ja aufgrund der Verpflichtungen gegenüber Weltbank und Welthandelsorganisation nicht. Der Präsident habe ihm vorgeschlagen, dass die Frau des Ministers die Mehrheit des Unternehmens erwirbt. Er hat mich gefragt, ob ich bereit wäre, Direktorin zu werden.« Cara blieb die Sprache weg. Eine so schnelle Reaktion hatte sie nicht erwartet. Und so einfach bekommt man die russischen Anteilseigner auch nicht dazu, ihre Anteile abzugeben. Ob der Minister hier Dinge schon vorgeplant hatte? Außerdem würden westliche Kreditgeber Probleme mit einer Renationalisierung haben. Diese Gedanken sprach sie aber nicht aus. Statt dessen sagte sie: »Nun, das würde zumindest unser Problem mit den Frequenzen lösen, denke ich. Und Tamara, Sie hätten den Chef-Posten wirklich verdient.«

Cara verabschiedete sich bald und nahm ein Taxi zurück zu Meggy. Bei Meggy waren alle in heller Aufregung wegen der Präsidentenansprache. Obwohl dort niemand tadschikisches Fernsehen schaut, waren die Nachrichten schnell angekommen. Es war niemandem aufgefallen, dass Cara die Nacht nicht im Haus verbracht hatte. Einige der Gäste, Amerikaner, wollten so schnell wie möglich das Land verlassen. Sie fragten Cara, wie sie es halte. »Ich nehme den Flieger am Mittwoch, wie geplant.«

Cara wollte die verbleibenden Tage noch nutzen, um ihre Arbeiten abzuschließen – auch wenn jetzt bei Tajikmobile erst einmal alles stillstehen würde, bis die neuen Eigentumsverhältnisse geklärt sind. Und sie würde noch einige Telefonate mit Thierry führen. Vielleicht konnte sie ja helfen, den Weg für eine vernünftige Neuordnung der Eigentümerverhältnisse zu ebnen. Nach all den Ereignissen waren die Geschehnisse um die von Thierry im Stich gelassene Nuria völlig in den Hintergrund getreten. Jetzt, wo ihr Verhältnis zum Minister auf einer neuen Basis stand, wollte sie ihn bitten, seine Kontakte zu nutzen, um sicherzustellen, dass die Suche nach dem Mörder von Nurias Mann professionell und mit aller Sorgfalt erfolgte – vielleicht würde sich so der wahre Mörder finden und Nuria von der Verfolgung durch die Sippe ihres Mannes befreit werden. Thierry wollte sie unter Druck setzen, damit er ihr ein gutbezahltes Praktikum bei der Bank in Europa verschafft, oder besser noch ein Stipendium und einen Studienplatz für ein MBA. Sie würde dann ihren Weg schon machen und könnte ihre Familie auch besser finanziell unterstützen.

Am Mittwoch machte Cara sich wie geplant zum Flughafen auf. Sie hatte alle ihre Arbeiten abgeschlossen. Es war ungewiss, wann sie das nächste Mal nach Tadschikistan reisen würde. Tamara war aus dem Krankenhaus entlassen worden und hatte sie mit vielen Geschenken und Tränen verabschiedet. Thierry war seltsam zugänglich für eine Neuordnung der Eigentumsrechte. Cara brauchte ihn wegen Nuria kaum unter Druck zu setzen. Er machte einen recht zerschmetterten Eindruck, sagte, dass ihm seine überstürzte Flucht sehr leid täte und er alles tun wolle, um Nuria bei einem Studium und einer Arbeit bei der Bank zu unterstützen. Cara war angenehm überrascht ob seiner Nachgiebigkeit und fragte sich, ob er vielleicht irgendwelche Deals mit Ruslan gemacht und nun Angst habe, dass diese herauskommen. Ob das seine

Unterstützung für den Tajikmobile-Deal erklärt? Cara hatte auch den Minister noch einmal getroffen. Er war gut gelaunt und Cara gegenüber fast freundschaftlich. Er erklärte, dass die Neuordnung von Tajikmobile gut voranschreite. Die Russen hätten sich eh aus dem Markt zurückziehen wollen, das Thema Ruslan sei ihnen sehr peinlich und man verhandle im Wesentlichen nur noch über den Preis.

Er lud Cara ein, als Beraterin für die neue Tajikmobile zurückzukommen. Mit den neuen Frequenzen könne man den Marktangang ganz anders gestalten, sagte er augenzwinkernd. Er hatte auch versprochen, sich für eine professionelle Aufklärung des Mordfalls an Nurias Mann einzusetzen.

Cara hatte mehrere Male mit Mike telefoniert und Informationen über Hintergründe und Hergang des Coups ausgetauscht. Es war eine kleine Gruppe von bezahlten Söldnern, die in der Nacht die wichtigsten Personen der Regierung gefangen nehmen sollte. Auch waren eine größere Zahl von Tadschiken aus Afghanistan nach Duschanbe transportiert worden. Diese sollten auf der Straße für eine neue islamische Regierung demonstrieren und grüne Stoffe schwingen. Es sollte tatsächlich so etwas wie eine grüne Revolution inszeniert werden. Als Gallionsfigur sollte eine bekannte Figur aus dem tadschikischen Bürgerkrieg herhalten.

Mehrere Regierungsmitglieder wurden verhaftet. Der Innenminister war wohl durch Selbstmord einer Verhaftung zuvorgekommen. Alle Verschwörer sollen vor Gericht gestellt werden. Der Präsident hat angekündigt, in der nächsten Woche sein neues Kabinett vorzustellen. Die Bevölkerung war ruhig geblieben. Keiner ging auf die Straße, wie erwartet. Die meisten fühlten sich an den Bürgerkrieg erinnert und hofften, dass sich die Lage schnell wieder normalisieren würde. Die Geschäfte wurden leergekauft. Wer konnte, fuhr für einige Tage außer Landes. Die meisten kamen aber schon nach zwei Tagen wieder zurück. Mike ließ durchblicken, dass sich im US-Geheimdienst die Idee hielt, dass der Iran hinter der ganzen Aktion stand und ein neues panislamisches Zentralasien plane. Sein nächster Einsatz in Pakistan wurde bestätigt.

Cara hatte im Flughafen das übliche chaotische Check-in und die Passkontrolle hinter sich gebracht und saß bei einer Tasse Tee im Flughafencafé, als jemand von hinten nahezu über sie fiel. »Cara, ein Glück, dass ich Sie noch erwische«, schnaufte Nuria völlig außer Atem. »Nuria, wie sind Sie denn hier in den Sicherheitsbereich gekommen?«, fragte Cara, zu perplex, um die wichtigen Fragen zu stellen. »Ach«, winkte Nuria ab, »ich habe einen Vetter hier im Flughafen.« – »Hier, ich wollte Ihnen Ihr Geld wiedergeben, und danken.« – »Nun setzen Sie sich doch, und erzählen Sie. Hat man den Mörder gefasst?« – »Ja. Es war ein Auftragsmörder – kein allzu professioneller wohl, weil er nicht sein Opfer traf. Er sollte den Bräutigam töten, mein Mann kam ihm einfach dazwischen.« – »Wie hat man denn das so schnell herausgefunden?«, fragte Cara erstaunt. »Er war wohl auch in diesen unseligen Coup involviert. Als man ihn dann verhörte, hat er wohl auch diese Tat gestanden.« – »Wie, einfach so?«, wunderte sich Cara. »Ja, es scheint, dass ihn auch jemand angeschwärzt hat und bei den Fragemethoden der Polizei war es wohl ein Leichtes, ein Geständnis von ihm zu bekommen.« Cara schaute Nuria prüfend an, sie sah mitgenommen, aber o.k. aus. »Und die Familie Ihres Mannes?« – »Ist weiterhin davon überzeugt, dass ich einen Liebhaber habe. Ich bin Persona non grata, aber immerhin wollen sie nicht mehr meinen Kopf oder den meines Liebhabers.«

Cara wollte nicht zeigen, dass sie von Thierry wusste. Daher fragte sie nur: »Und was werden Sie jetzt machen?« Nuria wurde etwas verlegen: »Wissen Sie, Thierry hat mir angeboten, in London zu arbeiten. Zunächst als Praktikantin – aber gegen faire Bezahlung. Vielleicht kann ich auch einen echten Job bekommen und es könnte auch die Möglichkeit geben, im Abendstudium einen MBA zu machen. Ich bereite mich gerade auf meine Reise nach England vor.« Eine Ansage ertönte aus dem Lautsprecher: »Der Tajikair-Flug 73-122 nach München ist nun zum Einsteigen bereit.« Cara und Nuria erhoben sich. »Und Sie, was machen Sie als Nächstes?«, fragte Nuria. »Nun, ich habe mit meinem Chef gesprochen. Mittelfristig werde ich bestimmt wieder in Tadschikistan zu tun haben. Aber als nächstes Projekt werde ich in ein anderes Land reisen, das mit ›istan‹ endet – nach Pakistan.«

ENDE

Zwei Hinweise am Ende:

Diese Geschichte ist von vorne bis hinten frei erfunden. Die Autorin wurde zwar von realen Menschen inspiriert, die dargestellten Akteure sind aber so weit von den echten Personen entfernt, dass es wirklich so gut wie keine Übereinstimmung mit lebenden Personen gibt. Auch die Handlung ist natürlich frei erfunden.

Dank gebührt vor allem M.R.K. – nicht nur für das Design des Covers!!